秋天的墾丁

杜虹 著

月橘

晨星出版

龍鑾潭畔起飛的鷺鷥群

發現墾丁秋天之美

秋天，是墾丁最美麗的季節，我一直想和大家說說這熱帶半島上的濃厚秋意。每年東北風起，空氣擺脫了西南海風帶來的濕鹹，我這個半島居民便忍不住要到山野各角落翻找秋天的蹤跡……說也奇怪，不過就是風向由西南轉成東北、芒花開了、四野多了一群群鳥影，天空與大地，便有了不同的樣子，連空氣的味道都不同了，於是，在還算溫暖的氣候裡，墾丁的秋天在感覺中來到，我的生活也即刻「秋天」了起來。

動念想寫一本關於墾丁秋天的書，是在三年之前，那時我的上一本散文《有風走過》剛出版，墾丁的秋天翩然降臨，我走在鳥影不斷的山水間，渴切地想爲這樣的熱帶秋天寫一本日記；後來，卻因研究所課業及解說員工作兩頭忙碌，寫作過程進行得相當緩慢，從動筆至成書，已歷三個秋天。

在這本秋天的日記裡，除了隨自然時序描述景物變化、點滴舖陳墾丁秋天的情緻外，也記錄了一些讓我有感覺的人情與一些令我有感覺的事情。書中人物當中，有些是隨候鳥去來的鳥友，有些則是我在半島上因時空因緣而相聚的朋友或同事，因為他們，我獨自客居他鄉的生活熱鬧而溫暖。然而，朋友們多因工作而來此地，日後終需離散，所以這本秋天的日記，也將是大家留予他年的一場生命紀念吧。畢竟相熟的我們，都愛著墾丁的秋天。

順著時光脈絡前行，墾丁秋天景色是多變的，居住墾丁的我們，在不同的月日裡體驗著多變的秋意，不捨輕易錯過任何一場秋日風光，從日記中，不難看出我在秋天是多麼的「忙碌」。我希望透過這本日記，可以讓居住他方的旅人認識墾丁特殊的秋天，或從中找尋最想投入的秋景，以決定拜訪墾丁的日期；也希望可以讓短暫居留此地的遊子明瞭半島上的秋意。

國家公園解說員的工作，一做十餘年，我對這份工作自然投入了相當的情感，然而做為一名公務機關的基層工作人員，我因著自身對大自然的情感與理想，自知在所謂的「堅持」之下，行事多少是有些任性的，感謝相識多年、自稱「心胸狹窄」的李養盛處長，在我「諸多冒犯」之下仍然慈祥待我；也感謝許書國課長在我工作上及意見表達上的支持。

秋天是墾丁最美麗的季節，而各方人們的投入，更憑添這裡秋天的別緻；因為墾丁的秋天是如此美麗而別緻，所以呈現給你。多謝晨星出版社和美蘭、大慶讓這本書順利出版。

潮水在沙灘上作畫

佳樂水海岸砂岩

大尖山

東岸啞狗海海灘

電台草原

東岸月光海

墾丁秋景

龍鑾潭

船帆石珊瑚礁海岸

湖畔雨林

龍坑裙礁海岸

河口沙嘴漁舟歸港

社頂草原邊的高位珊瑚礁

紅嘴黑鵯（周大慶 攝影）

紅冠水雞（周大慶 攝影）

灰面鵟鷹（周大慶 攝影）

大白鷺（周大慶 攝影）

金斑鴴

高蹺鴴（周大慶 攝影）

雌赤腹鷹（周大慶 攝影）

墾丁秋動物

伯勞

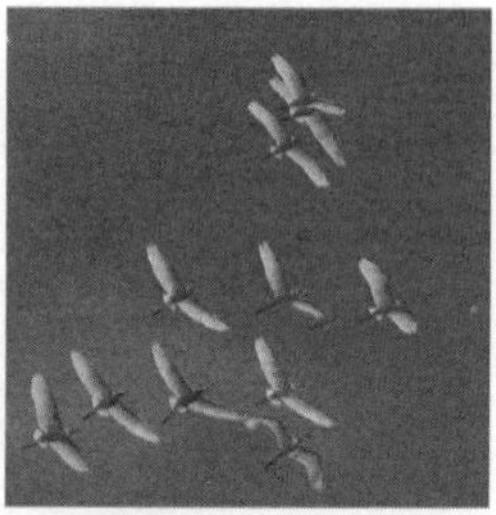
黃頭鷺群遷（周大慶 攝影）

兇狠圓軸蟹

黃裳鳳蝶

寄居蟹

鳳頭蒼鷹（周大慶 攝影）

褐樹蛙

南仁山森林底層的根節蘭

海岸草地常見的濱薊

大葉山欖

葛藤

夕陽下搖曳的秋芒

草海桐

墾丁秋植物

台灣欒樹

山芙蓉

毛梗雙花草

小葉桑

水面落花

蕨葉—觀音座蓮

〔目次〕

棋盤腳花

萬里桐夕照

卷一

九月

萬里桐潮間帶

卷二

十月

瓊麻館的舊舍殘蹟

卷三

十一月

卷一 九月

番鵑

秋天來了

（九月一日）

早晨醒來拉開窗帘，窗外藍天白雲，陽光清澈，看著遠近微動的閃亮葉子，不禁以笑迎接這久違多時的美好天氣。

上班途經馬鞍山，南灣湛藍的海水迎面飛來，白雲倒映水面，幾艘貨輪航行在天際，彷彿兒時熟悉的卡通畫面，令人忍不住停車多看兩眼。暑假近尾聲了，公園內的遊客量已不似前兩個月，遊客中心內也清靜許多。近中午時，同事鳥人蔡從野外歸來，見我便問：

清晨五點時東方升起的那個大亮星是什麼星？

回答過他連續幾個關於黎明前星象的問題，我繼續埋首撰寫剛辦完的觀星活動報告，未細想他何以關心黎明前的星星，直至他傳來電子郵件說明今早的鷹況，才猛然記起：今天是九月一日，是他每年登社頂凌霄亭數鷹的時候了。早上已有四隻赤腹鷹飛過社頂的天空，候鳥來了。

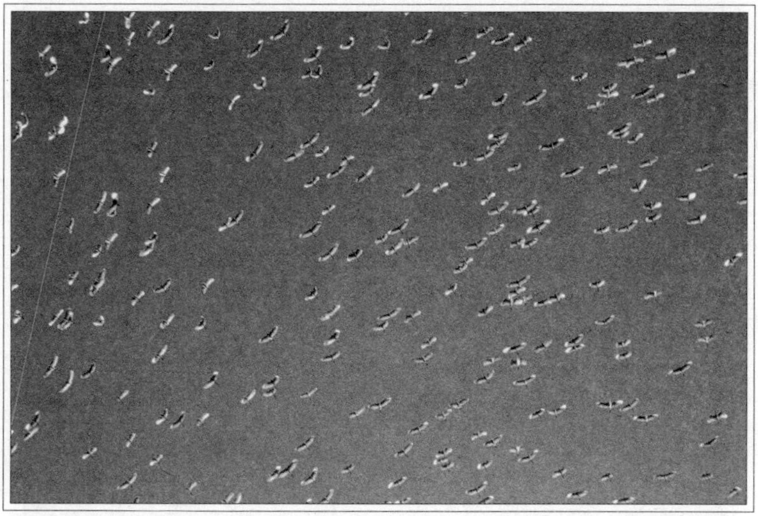

南遷的鷺鷥群

下班時又餓又累，拖著沈重的步伐行至車邊，卻想起是九月了，旅飛的赤腹鷹已經來到，那麼一向比鷹群來得更早的鷺鷥呢？於是路邊買了便當前往龍鑾潭南岸。

龍鑾潭素以冬候鳥聞名，但誘惑我最深的，卻是湖光山色與雪白鷺鷥群的結合，多年來，大部分的秋日黃昏我都在這裡度過。這兩年雨水頗多，停車場與潭水之間的農田已成澤國，鷺鷥群原可棲息的水畔草地已然淹沒，無法呈現青草白鳥的絕美畫面，但這樣的環境雖不適合鷺鷥，卻是紅冠水雞極佳的生育空間，如今南岸輕易可見紅冠水雞的身影，牠們的鳴聲聽來有一種空闊之感，與潭畔的風光頗相襯。

下午五點二十五分，斜陽離山崗約有一個拳頭高度，潭東的竹林果然已經停佇不少鷺鷥；潭水與草地都著上陽光金衣，除了竹梢靜棲的白鳥，水澤間也不時有飛羽掠過；也許雨水豐足之故，停車場附近已經草長沒徑，我立在長草間引領探看西方樹林的鳥群動靜；身後幾名年輕人來到潭畔，其中一位拿著望遠鏡繞過我想走下草坡去，我喚住他：

「下面水塘裡有紅冠水雞，下去會把牠們嚇走。」

「在哪裡？」順著我指點的方向，他以望遠鏡瞧了牠們，又問：「妳說那是什麼鳥？」

「紅冠水雞，一種額頭和嘴巴紅色的水鳥，住在這裡的。」

「妳是老師嗎？」

「我是國家公園的工作人員。」

「我是第一次看鳥，妳可不可以多說一些？」

在這樣的情況下，要一個解說員說話比不說話容易，我於是把潭邊所有可以看見的鳥都介紹給他，還輔以圖鑑比對。說到竹林頂端的鷺鷥時，他們相互嘲笑一番說：

「剛剛我們以爲那是白色的花。」

遠看的確像花，好大的白花。

這群人停了一些時候。當他們騎上機車向我揮手道別時，我看見在他們身後，夕陽的方向，一大隊鳥影由遠而近，想叫住他們，但揮別的手勢已在空中，就算了吧！在大自然中，每個旅人各有其因緣。大略數算了飛過夕陽向南而去的人字鳥群，百來隻，是白鷺鷥。

夕陽落入西台地之後，潭間雲朵盡染霞色，天空的藍不再耀目，卻更加透明，潭水寧靜地彩上金紅與淺紫，竹林上的鷺鷥仍然按兵不動。六點一過，竹林上的鳥群宛如接收到口令般同時飛起，牠們升空後，西邊林子的鷺鷥也升空相應，雙方會合後迴旋整隊，集結了二百餘隻的漂鳥大隊向南飛去。之後，西邊林子仍不時升起一隊隊的鳥群，但有些在盤旋幾圈後又棲落，眞懷疑那不起眼的樹林如何藏得住那麼多鷺鷥？

霞光斂盡，東風微涼，西方樹林的鳥群仍在去留之間徘徊⋯⋯。我獨自在潭畔，從候鳥揮動的翅膀上看見秋的初至。

從星空降落的鳥群

〔九月二日〕

好友到南方來渡蜜月，我在龍鑾潭南岸看過鷺鷥後，便到她下榻的沙灘酒店與她共進晚餐。餐後坐泳池畔聊天看星，星空卻降下無盡鳥影。就著飯店燈火，我可以分辨那是伯勞。每年八、九月之際，旅遷的伯勞便準時出現恆春半島，從無差池。候鳥對遷徙時間的掌握能力著實令我神往。

時間已過八點，天黑已有一段時間，這些不斷自星空降下的疲憊鳥群經過長途跋涉，飛過白日又迎接夜晚，來到島嶼的最南端，再去就是煙波浩渺的茫茫滄海，不得不歇腳蓄養體力，明日再續南飛的旅程。

這樣的疲憊鳥兒夜裡睡得頗沈，我世居當地的同事說這些鳥兒極呆氣，拿支棍棒便可以趁夜將牠們一隻隻擊落。

今天天氣晴好，這些從天而降的候鳥應當經歷了一段平安舒適的旅程，但長長的旅途中陰晴難料，也許明朝海上，牠們要面對的便是生死一線的掙扎。

紅尾伯勞（周大慶 攝影）

朋友說：候鳥眞是奇怪的生物，每年南飛北返，大部分生命都花在勤奮飛行上，存活一定要這麼辛苦嗎？

我說：存活有很多種可能，但牠們的祖先選擇了這種方式，而環境支持了牠們。現在，旅飛已經是一種宿命；妳覺得牠們辛苦，牠們也許不以爲然。何況，能感應自然韻律的呼喚，藉地形地貌、日月星辰及地球磁場導航，以雙翅飛越千山萬水，體驗每一絲氣流的強弱冷暖，這樣的存活也挺動人的。

太辛苦了。她說。

眞是人各有志，若有來生，我還期望做一隻候鳥呢。做爲人，不知有多少比存活更爲困難的功課。

散步東海岸

〔九月三日〕

黃昏來到風吹砂等月升，山坡上數大芒花正精彩。

每年夏秋之際，墾丁佳鵝公路龍磐至風吹砂路段，總能看見數大芒花隨風輕舞，為熱帶南方搖曳不同於陽光海水的季節氛圍。在這段山坡或路旁推擺如浪的芒花，是五節芒一族。

五節芒是一年或多年生的大型草本植物，屬於禾本科家族，銳利的葉緣易傷人皮膚；花朵細小，集生於頂端，呈圓椎狀花序，最初抽出的花穗顏色偏紅，待果實結成後白色冠毛漸明顯，花穗轉為米白色；而當果實成熟，繫著冠毛的種子逐一隨風而去，最終餘下微褐的花梗，早先人們便以此散盡種子的花梗綑紮成掃帚。在台灣的低海拔地區，五節芒是最普遍的禾草，從南到北四處可見，有人說，五節芒族群的擴展聲勢，可能是台灣百年來最可觀的，而它的擴張與火燒息息相關，可謂愈燒愈旺。

我和同事玉瑩常在芒花盛開的季節到風吹砂一帶散步，這裡屬於恆春半島的東邊海岸，濱臨浩瀚太平洋。有一年，我們在陰曆十六的黃昏來到這裡，芒花在淡淡東風和金色陽光裡搖曳，使人心情不由得又輕又好；當天光漸暗，一輪明月自海面升起，且在海面劈開一條月光大道，玉瑩決定要辦個活動，讓大家一起來看這海月映白芒的天地大美。

「如果活動當天陰天沒月亮呢？」我提醒她。

「但也可能是好天氣啊！」我想想，覺得她說得很有道理，總不能擔心天陰，就綁手綁腳吧。她認為我們一定有好運氣，我認為總有應變之道。

有人說玉瑩辦這活動「陳義過高」，因為一般遊客根本不會認同這種以意境取勝的活動，但我以「我們的工作不應是取悅遊客，而該是引導遊客從事適合國家公園的活動」這更高的陳義，順利支持了她舉辦這項活動。這個活動的名稱，叫做「散步東海岸」。

活動舉辦時，已是第二年。報名參加的人數不少，當天天氣也不錯，我們帶著滿滿一遊覽車的人到東海岸來賞芒花——雖然有人在報名時以為活動地點在花蓮或台東，但我的同事們透過電話，最終還是讓大家都明白墾丁的東海岸在哪裡了。

解說完五節芒，大家被安排到草原上散步看日落，然而除了我和玉瑩，大家的腳步似乎都很快，我們規劃的漫步曲徑很快就給走完了，太陽下山後大家便急著回轉車上。玉瑩很沈得住氣，始終踏著緩慢的步子，不斷地提醒大家：不用急著走，雲彩才要開始變化呢——我們其實是不能走太快，因爲月亮還要過會兒才升上來。而爲了給大家一個驚喜，也爲無法掌握的天候因素，我們未先告知參加者：活動將以海上明月做爲結束。

海天之際堆了一小堵雲，月亮出現的時間比我們預算的晚了些，當大家都上車後，我和玉瑩還站在海崖邊不肯走，而就在司機向我們輕按催促的喇叭聲的同時，圓月的弧邊探出了積雲矮牆，我轉身向車上的人揮手，並指指海面，頃刻間大夥兒都衝下車來……

終於，明亮的月爲活動畫下一個圓滿的句點。我忍不住過去拍了拍玉瑩的肩膀，一切盡在不言中。

如今每至風吹砂看海月芒花，我就不免思及——若非不甚精明的玉瑩願意承擔不確定的風險及負面的批評，那日的圓滿之月，就不能映入如此多人的心田。

窗邊的絲瓜架

〔九月四日〕

這幾年，墾丁國家公園內多了一個遊憩據點，一個以曾經在恆春半島風光一時、爲半島帶來經濟傳奇，也帶來海岸林生態浩劫的農作植物爲主題的據點——瓊麻工業歷史展示區，每個月總有幾天，我會到那兒去值勤。

這個展示區的辦公室，有西、北、南三扇木框大窗，任風自由去來。其中，西窗外是一片開闊的天空與綠草地，沒事的時候，我喜歡坐在窗前的木椅上看著窗外。同事們以爲我無聊發呆，常好心地要陪我說說話；其實我是很認眞地在看風景，並在記憶的版圖上寫下有哪些鳥兒飛過或有哪些蝴蝶出現。

有一天，我又坐到瓊麻館辦公室的西窗前，卻發現窗邊搭出一排枯竹架，恰恰遮去窗外開闊的天與地！怎麼回事呢？同事說他們準備種絲瓜。

我心底覺得可惜，但自己偶爾才來，人家卻天天在這兒上班，是應該依他們喜歡的……，哎！

就這樣，絲瓜苗開始在同事們殷切的目光裡成長，「很快地」架上開出了大黃花。我站在窗邊，指著黃花說：絲瓜開花了。他們立即說已經結出二個小絲瓜，臉上都喜孜孜的。

我有時候繞到絲瓜架外，看看我渴望的風景和他們盼望的絲瓜——這風景於我；而絲瓜於他們，有著相同的份量。感受著他們對絲瓜的殷勤，我對黃花綠果也開始有了期待。

今天，我走進辦公室時，桌上擺了兩條剛採收下來的翠綠絲瓜，他們高談著指日可待的收成，那溢於言表的欣喜之情，真教我看傻了，讓他們如此眉飛色舞的，不過是一條十元的絲瓜？顯然親手栽植、時時探看，終得以收穫的喜悅並非金錢可以比價，而他們單純的喜悅，給予我的感受也不亞於一窗好景。

這窗邊的絲瓜架，雖然使我不再能從室內舉目便得自然景色，卻也施予我另一場美妙的人間風光。

〔九月五日〕

愛之旅——記海岸林陸蟹

上個星期回家時，看見小姪女在暑假作業的旅遊照片欄中，貼了一張她在砂島的留影，照片下方寫著：砂島生態保護區附近的馬路上，到了晚上有螃蟹過馬路去海邊產卵，我看見二十四隻。她整個暑假在墾丁待了不少時日，印象最深的就是螃蟹過馬路吧。

今天下午下了一場雨，空氣中的濕度正適合陸蟹行路向海洋。天剛黑，我與一位遠來的朋友來到砂島附近。

陸蟹的生活史含括陸地與海洋兩大區域。成熟母蟹抱卵之後，需至海邊釋放卵塊，因爲只有在海水的環境裡，小螃蟹才能順利孵化與成長——孵化後的幼體在海洋中漂浮覓食，一個月後長成稚蟹，再由溪口順溪上溯，返回森林中生活。墾丁陸蟹的生殖季在夏秋之間，其中較大型的地蟹科陸蟹如毛足圓軸蟹和兇狠圓軸蟹，主要生殖期爲七至九月，母蟹下海產卵配合著月的週期（與潮水有關），每個月的生殖高峰在月圓

兇狠圓軸蟹

前後三天，但在並非月圓的夜晚，還是有向海洋行去的母蟹，尤其是在一場大雨過後。

陸蟹以鰓呼吸，太乾燥的天氣不適合出門遠行，能有一場大雨的濕度是上天的恩賜。大腹便便的圓軸蟹，懷中帶著十至二十萬顆的卵粒，行動倒還挺靈活，只是，從生活的樹林到海邊，不算太遠的路途卻有層層阻障——牠必須爬過人造溝渠，躲過人爲捕捉，橫越車輛穿梭的省道，再鑽過或繞過道旁的護欄，才能再續傳宗接代的愛之旅。早些年，陸蟹生殖高峰省道上總可見處處蟹屍，這兩年較少見了，不是因爲牠們過馬路的功力大增，而是因爲在人爲捕捉及棲地喪失的困境下，族群數量大減，我認識的一位在這裡研究陸蟹十幾年的博士，便說他的研究可能是在見證一類物種的滅絕。

我和朋友在砂島附近徒步，不久便在路面上看見一具碎裂的蟹屍，我以樹枝和落葉收拾起灘了一片的蟹卵，把這些卵送到海水中也許還有孵化的機會。

「如果建一個地下蟹道，是不是會對牠們有所幫助。」朋友問。

「還在評估中。不過，牠們現在所面臨的主要難題是失去棲地和大量捕捉，車禍事件倒成其次了，如果人們繼續捕捉，海岸樹林繼續被夷平，以後也沒有螃蟹需要過馬路了。」我說。這種大型的圓軸蟹之所以大量被捕捉，是因爲可以捉去賣，據說有人以牠們釣大魚。

送了一隻抱卵的母蟹過馬路，看著牠安全爬入臨海的樹林，突然又記起螃蟹博士的話：見證一類物種的滅絕。我想，沒有人樂意見到這樣的結局，那麼，在這還來得及的時候，我可以爲牠做些什麼呢？

今天是我的生日，在送走母蟹時許下一個生日願望：希望當這隻母蟹到海邊釋完卵，要回返居住的森林時，也能一路平安，明年再來產卵。

〔九月六日〕

熱帶的呼吸

昨夜，我又被一個女人的淚水淹沒。那房內瀰漫的淚的氛圍，令人聯想熱帶鹽霧蒸騰的海洋。

今早，我與她到海邊，一方面進行自己的海岸植物物候記錄，一方面也希望熱帶明亮的陽光，可以蒸散她濕重的情緒。走在珊瑚礁海岸，她戴著帽子還撐開了陽傘，一陣即興而來的強風卻吹得兩人倒退幾步，她的陽傘也開了花。我教她蹲低身子，她緊抓著帽緣撩撥散亂的髮，懷疑我怎麼受得了如此毒辣的太陽和兇猛的海風？我看著她難得的狼狽模樣，想她這時候一定無暇翻攪情愁。

爲什麼要蹲著？她問。

學它們哪！我指匍匐在岸邊的白水木給她看。

生長在這裡的海濱植物，必須面對烈日、乾旱、鹽沫與強風等環境因子，土壤貧瘠更是必然，能在如此環境中生存的植物族群，都備有一套獨到的生存策略——如眼前原可長成喬木的白水木，在這裡爲了避免強風及鹽霧的傷害，匍匐生長成矮盤灌叢。我長年生活於熱帶海邊與這些海濱植物爲鄰，自然也得備妥防護策略。初來這裡工作時，以爲應當以身體髮膚擁抱陽光才是瀟灑，結果曬到身上搓下一層又一層的皮，甚至連頭皮也曬脫一層……後來，就瞭解了陽光，明白了生存之道。

在這被艷陽與風環抱的海邊，她失去了平日的優雅，我實在看不慣（我想我進了城市的模樣她可能也看不慣），於是建議她把傘收好，穿上長袖外衫，背對陽光，並把反摺的帽緣拉平以增加遮陽效果。這樣即可防曬黑與曬傷。她沒有懷疑我的話，因爲我已進行了十幾年的親身實驗。

在我們蹲坐的礁岩地帶，綠色植物的根多嵌入石縫裡，緊攀住岩石以求安身立命；而在礁岩與礁岩之間的砂地上，植物則多伏地而生，並在蔓莖上節節生根，以固著肢身並增進吸水功能；除了將根深埋砂土之中，砂地植物有時連莖部也沒入砂裡，只留葉與花在地面上進行必要的營養及生殖作用（如海埔姜）。植物的演化，常令我感到不可思議，這些在熱帶海岸適應成功的物種，身上都寫著動人的生命故事，只是，閱讀生命是需要學習的。

今天雖然有風，海邊還是相當炎熱，拍攝植物特寫時汗水不時流進眼睛，引得淚水也上來了。我吸著鼻子，她好心地又遞面紙又替我撐傘，卻遮去了我需要的光線……。

聰明俐落的她走時仍帶著憂傷。熱帶的陽光、海水、綠意與友誼只能為情傷的女子緩一口氣，最終她還是得獨自面對旁人都以為早該放下的哀愁。送走她的背影，不禁自問：為什麼女人在生活上可以堅強如熱帶海岸植物，一遇愛情卻像泡水的棉花？因為生活在遙遠的山水之中，許多朋友傷心了、累了、煩了、困惑了，都會來訪我，藉著墾丁三面環海的天空地闊，我倒也不愁無處收容朋友們的喜怒哀樂。朋友離開時暮色已濃，明月隨後就上了山崗，我把車朝向明月開去，來到濱臨太平洋的東方草原，月華正閃耀海面上。散步草原，白日的炎熱盡釋，明淨月色浸透全身，紅塵種種在此時都沈澱為胸間無限寧靜……。

這段時日，我其實也是不好受的。自小撫育我成長的祖母長壽辭世，我雖沒有流淚，但一股幽沈的不捨卻時時盤旋心頭，只是當我如此刻般獨自沈浸在大自然中，哀傷便彷彿淡了、平緩了。我相信，雖然生命中許多傷心的事都不會眞正從心中消失，卻可以被好好收藏。山水於我，便是心靈貯藏室的延伸。

朋友帶走對熱帶艷陽與海風的記憶，我卻在她剛離去的夜晚，呼吸著熱帶月光裡的清爽空氣。

海埔姜

青蛙不見了

〔九月七日〕

她們在巴沙加魯溪畔搭了十個白色紗罩，其中五個有放青蛙，五個沒有放青蛙。巴沙加魯溪是流過南仁山生態保護區的曲折小溪，爲了瞭解青蛙是否扮演加速森林底層枯枝落葉分解的角色，青萸和她的指導教授侯平君老師在小溪畔設了實驗區。如今風雨不缺的二個月過去了，今天就要拆網將實驗主角請回實驗室。早晨天剛破曉，青萸便緊張地來到略有坡度的溪畔。經過颱風及豪雨沖蝕，她放入紗網中的青蛙不知是否仍在，如果青蛙逃去了，那實驗得重來，一個研究生可沒多少二個月的光陰可以消耗。

依照理論假設：眞菌分解枯枝落葉碎屑，昆蟲吃眞菌，而青蛙吃昆蟲，所以青蛙的存在可以降低昆蟲對眞菌的取食，間接加速枯枝落葉的分解。實驗可以應證假說，但得實驗的主角沒開溜才行。

之前的採土測量結果，她們發現紗網中的表土偏酸，懷疑與網內的二氧化碳濃度有關，於是在拆網之前，青萸特地測量了紗罩內外地面的二氧化碳濃度，以做比較。第一個有放青蛙的紗網被慢慢拆開，她們仔細翻遍網內每一吋空間，卻怎麼也尋不著青蛙，老師發現網下有被水淘蝕的空洞，青蛙想必是從這裡鑽出去了。第二個該有青蛙的紗網內，仍不見青蛙蹤影！白淨秀氣的青萸癱坐在土黑的落葉泥地裡，哭笑不得地張著嘴，我安慰她：有蛙聲自第三個網罩的方向傳來，但她說：我的青蛙不是叫這種聲音……。

我們終於在第三個紗網內找到一隻她放的青蛙和一隻不是她放的青蛙，也在第五個網內找到該有的二隻青蛙。縱使如此，她的實驗恐怕還是得重做。

白日的最後一段陽光斜射林隙，林間金光千條，青萸繼續垂頭在小溪的那一岸測量二氧化碳濃度，侯老師在小溪這一岸望著青萸所在的實驗地凝神思索。這是台灣學界第一次在本土從事這樣的生態研究，雖然青萸的青蛙大部分不見了，但無庸置疑的是，她們已在前無古人的路徑上邁開了重要的第一步，而下一次，青萸的實驗想必有更周延的佈局。

午夜時分，南仁山研究站外蛙聲一片，青萸在研究生聯絡薄上寫著：我的青蛙怎麼不見了？我好想畢業！

雨林驚夢

（九月八日）

夜半驚醒，夢中場景是白天所待的雨林。在雨林底層，一隻隻渴血的螞蝗立直了身子，隨著我的體溫搖擺……。

雨林的生物多樣性高眾所皆知，而「雨林」二字，在一般人的印象中，也幾乎成了叢林情調的代名詞，使人對它充滿想像。然而，在溫暖南方的低地雨林裡工作，卻絕不是件浪漫的事。尤其在天熱的時候。濕悶的森林裡，不論你的衣著配備有多昂貴，結果依然是汗流浹背；也不管你的步伐有多矯健，一不小心，螞蝗還是

湖畔雨林

吸了你的血。

今天早晨，我和學弟開翔在森林中走一條已經不易分辨路跡的山徑，從溪谷到山頂。沿途，他在前頭埋怨著蜘蛛網，我在後頭驅趕著螞蝗。爲了拍照，我常常必須鑽到叢林裡，出來時褲管或腳上總不缺貼著你不放的螞蝗。最爲難莫過於當我發現地上一株不曾見過的腐生植物時——正準備趴下身子去拍它，學弟卻鄭重地問：妳確定要這樣做嗎？而在這樣的時刻，又豈容我做選擇？

剛到雨林中工作時，曾奢望有不遇到這軟蟲的運氣，而今，只願能有及早發現它上身的福氣。

午後回到溪谷，爬上衝出樹冠層的鷹架頂端，在森林之上享受吹乾汗水的微風，看數以千萬計的綠葉捕住金色陽光，我以爲已把那些吸血蟲怪置諸雲外了，沒想它們竟偷偷潛入我的夢裡……吸著我的魂魄不放！

蛙聲

〔九月九日〕

落了整日的雨，傍晚時候停歇了，雨後的潮濕空氣使得蛙群情緒高亢，入夜不久，窗外積水處便傳來蛙鳴，此起彼落，澎湃如交響樂團的現場演奏。

午後的雨裡，母親獨自來到我工作處，帶著滿髮的雨露、鼓鼓的行囊和一臉的落寞。她說因爲掛心忙碌於偏遠南端的我，所以來陪伴我小住。但身爲女兒，我怎讀不出母親臉上的心情？母親的煩憂總與家裡有關。

夜間的蛙聲，使母親情緒不甚安寧，她直說我的住處太荒涼，夜裡沒有電視排遣孤寂，還要忍受比鄉下老家更囂張的蛙鳴。這一夜，母親失眠了，不知是因爲蛙聲太近？還是往事太近？

兒時的家院，雨後也有蛙鳴，我還記得母親背著弟弟，在蛙聲中操勞家務的身影。那個年代，鄉下的客家媳婦總有理不完的農事與家事，母親是大家庭中的長媳，沈默地忙累，彷彿是命定的事，生活不能去思想道理。辛勤的日月流轉，青絲換作霜髮，多年媳婦終於熬成婆。

但在這個時代，婆與媳的關係，早有了變化。母親年輕時伺候一家老小，到了年老仍有一家大小得伺候。她這次從家中出走，是因爲與媳婦有所爭執，而兒子、丈夫又都向著媳婦，數說她沒有道理。母親說不來道理，心中卻覺得委屈，來到女兒這裡，心事又說不分明。

現代的人凡事總要論道理，即使是長幼之間也不例外，母親沈默了大半輩子，如今要她說道理，是怎麼也說不來了。她在黑暗中輾轉反側，窗外的蛙聲，彷彿是她那一代女子的哀愁。

褐樹蛙

紫背鴨跖草

（九月十日）

辦公室有一個以採光罩蓋頂的中庭花園，花園裡的地被植物換植了好幾種都相繼夭折，直到栽種了紫背鴨跖草，才讓地表顯出欣欣向榮的生趣。受到這番鼓舞，屋外的陽光花圃也開始大量栽種紫背鴨跖草。

紫背鴨跖草是生長於森林底層的耐陰性植物，四季皆開造型精巧的紫紅色小花，但最令我著迷的，卻是它的葉片。這卵型而尾端尖的葉片色彩豐富，圖紋彷彿水彩畫成，筆觸分明。仔細觀察過後，我想它

紫背鴨跖草

是這樣被上彩的：先以青綠在葉面打底，顏料浸透到葉背，然後以紫色在葉背中肋二側各畫四條粗紋，色彩也透到葉面（於是兩面互見色分不等的紫綠相間），再用紫褐細紋鑲邊，最後沾珍珠粉在葉面塗抹二道對襯的眉型銀彩……。植物生理學家相信，那呈現珍珠光澤的銀彩，有凸透鏡般的功能，可在弱光的森林底層收聚光線，讓葉片順利進行光合作用獲取能量。

明白這種植物特殊的葉片構造後，不難推想植於陽光花圃上的紫背鴨跖草結局如何——過不多久，它們全枯萎了，陽光直接照射到葉子的光線放大鏡上，很快便把葉片燒焦了。

而採光罩下的中庭花園內，紫背鴨跖草正精神奕奕地舖疊如毯，每一片葉子都在微光裡吐露寧靜的銀輝……。

自然造物，各有適所，人應該也不例外吧。

島嶼之航

〔九月十一日〕

很特別的，今天黃昏我和一位大飯店的財務長去看海。他原先要去游泳，我原先要去賞鳥，後來我們卻一起下車走了一段路，走到草原盡處，遇見太平洋向我們迎來，就席地而坐看起海來了。

東北風初起，秋意淡淡，看海的地方可以盡覽佳樂水至龍磐一帶的曲折海岸；眼前海天遼闊，海波都向我們湧來，我彷彿坐在島嶼上航行；這時夕日已落，夜未降臨，前路渾闊蒼茫。

當天光向西漸逝，遠方海岸亮起稀疏燈火，財務長忽然問：「這裡風景這麼好，怎麼沒有蓋飯店？」

「當初可能因爲這裡風大也較偏遠，沒將飯店規劃到這裡來，後來這裡成了國家公園的特別景觀區，就不能建飯店了。」我答。

「還好這裡沒蓋大飯店，不然大批觀光客住進來，這一帶大概也跟墾丁街一樣了。」

東岸龍磐公園

他認為飯店會促成周邊商業的發展，使該地逐日煩囂。「可惜國家公園成立晚了幾年，否則觀光旅館用地應該會規劃在公園外圍，墾丁街一帶也不會發展到今天這種混亂的局面。」

誰知道呢？我們這個島，行事彷彿是即興式的，所以可以在一片土地上蓋了核電廠之後，又規劃觀光旅館，之後又成立國家公園。原本，過去的事也無需再重提，但當我們這些島嶼居民登高臨遠，回首與前瞻之間，卻難掩一聲嘆息，除了感嘆過往，更感嘆國家公園成立近二十年，卻仍阻止不了視野景觀愈來愈凌亂，而島嶼的即興式作風，也依稀還在……。

眼前海波翻湧，這島嶼到底會航向何方

呢？

我和財務長都在半島上居住多年，但生活從未有交集，直到最近才因公務而相識。兩個完全不同領域的人，面對壯闊山河竟同聲嘆息！「這麼漂亮的地方，變得這麼亂，眞是可惜了。」

所幸我們還有濱臨太平洋的這帶清淨海岸，因爲波濤太洶湧，水上摩托車不能來到這裡，因爲人家寥落，喧囂易歸平靜。每年東北風一起，暑氣與旅遊人潮都消退，太平洋海岸總最先迎接清爽秋意……。

暮色中不斷有夜行的候鳥身影掠過，秋風中一波波南遷的鳥影啣去嘆息，我看見夜從海上一步步走來；一片昏朦裡，小老百姓如我，足踏島嶼迎著海風，仍對前航懷抱莫名的期望。

雛燕還巢

〔九月十二日〕

屋外下著雨，服務台有遊客送來一隻燕子，說是從外頭走廊拾來的。這是一隻洋燕幼鳥，外觀毫髮無傷，我懷疑牠是在雨中學習飛行，因技術與體力欠佳而暫歇走廊上，便被好心的遊客捉來了。將牠羽毛擦乾後試探活動力，還能短距離飛行。這隻雛燕應是在走廊上營巢的洋燕家族成員，但走廊兩端各有一窩燕巢，不知牠是那家孩子？

東邊角落的燕巢內伸出兩個小腦袋，親鳥不在；西邊走廊的窗台上，則有兩隻洋燕成鳥微抖著翅上雨露，該是這家的吧？牠們剛才可能一起在雨中飛。我把小燕子托在指尖，不一會兒牠就隨成鳥飛入雨中。但當我以為大功告成轉身想離開時，那兩隻成鳥又飛回窗台，卻遺失了小燕子。想是小燕子沒跟好，被甩在雨中了。我將兩隻燕子趕起，牠們衝入雨中，一會兒又飛回來避雨，果然這次小燕子跟了回來，但停落時跌在地上。我見識過洋燕親鳥教導雛燕飛行時的循循善誘，看來牠不是這家寶貝。

東邊的燕巢下方有一台自動販賣機，以小燕子的飛行能力，即使不能一口氣飛回巢中，也可以先飛上販賣機，分兩段路回巢。我把牠放在地上，一段時間後再去探看，原先伸出兩個小腦袋的燕巢裡，有了三雙懵懂的眼睛，小燕子結束意外之旅回家了。

這次雛鳥還巢的過程還算順利，但並非所有被誤救的雛鳥都有這種運氣，人們對雛鳥的憐惜之心，常使牠因失去親鳥的撫育而夭亡。在生態旅遊逐日風行，而遊客的自然生態概念卻未普及之際，想來類似的情況我們還會不斷地遭遇。

毛梗雙花草

〔九月十三日〕

窗外，秋風帶著細雨，庭院裡毛梗雙花草初開的花序迎風輕舞，引人走入雨裡……。

毛梗雙花草是一年生的中型禾本科植物，紙質葉片細長，平日低伏於地面，待開花時才猛地抽出及膝的細長花軸，隨風搖曳擄人視線；它指形的總狀花序呈紫褐色，花朵細小，果實爲穎果。

這個種族的成員較常出現在通氣良好的沙質土上，對水分的要求不高，從濕地到旱地都能適應，但對陽光有強烈的渴望。毛梗雙花草原產於印度，後來被澳、非、美、亞等洲引進做爲牧草，在台灣南部，目前已是大量馴化的野花。

台灣南部經常可以在農地、公園草地或道路兩旁看到毛梗雙花草族群，它的花期主要在秋冬。如果毛梗雙花草不開花，人們幾乎不會注意到它的存在，但到了花季，毛梗雙花草紛紛抽出手指狀的花序，數大地在草地上及道路旁曼妙而舞，隨風推浪，這

毛梗雙花草

時人們就很難不看它了。

每年秋天一到，毛梗雙花草便以舞者的姿態爲季節揮舉長袖。前幾天，我在車上解說時，看見窗外毛梗雙花草沿路搖曳，彷彿夾道跳著波浪之舞，於是特意請遊客欣賞那濃濃的秋意，而正當我說得陶醉，卻見有人在路邊除草，割草機過處，秋花斷散，草舞嘎止。斬除了毛梗雙花草的道路二旁，看起來很平整，卻失去了生命飛揚的美感。我不禁感嘆：爲什麼我們不學著去欣賞大自然爲我們安排的四季野花，省下除草所花費的人力和金錢呢？況且，毛梗雙花草是一年生的植物，它在開花之後便要乾枯死亡，待來春再由種子延續生命，我們根本無需除它。

由於毛梗雙花草常生長在公園的草地上或馬路旁邊，開花季節裡抽出的長花軸遭斬除是常有的事，但毛梗雙花草一般並不示弱，它們會馬上重新調整身上的能量，很快又抽出花軸來，這時勤勞的園丁又得開始除「草」了。在容易被割除的公園草地上，我總是看見毛梗雙花草一次又一次地被割除又再長，像在和割草的人比耐力似的，爲了繁衍後代，它絕不輕易放棄。如果有一段時間，園丁忙於其他事或割草割煩了，毛梗雙花草就能把握機會開花結果，孕育出傳遞生命的種子了。

辦公室窗外的毛梗雙花草一般沒能撥弄多久秋光，很快地，除草工人就會被派來重整草地的秩序——一定得禿著地上一丁點兒綠才合格。而每當草地又成空蕩，我便開始計算時日，等待那禿平的草莖迅速地再次發芽與抽花。我知道它會的，相處多年，我瞭解它。

小小幸福

（九月十四日）

越過一地的絲瓜黃花，我和一位久未相見的朋友走入田中央，沿一條灌溉水渠散步。也許爲了點綴沈默，他有時會問我夾道花草的名字，我偶爾詢問他田間的鳴唱是出自哪種鳥的歌喉，但大部分時間我們只是靜靜地走路，觀看自然，聆聽曠野的聲音。

我的工作常需講很多話，能這樣與好友在夕陽裡沈默而自在地散步，實在是件令人開心的事。我們雖不說話，自然天籟卻不間斷地在耳畔奏響，隨著天光的流轉，

渴飲溪水

我聽見畫眉鳥在風中的對歌、紅冠水雞穿越水波的輕啼、紡織娘對夜的殷殷呼喚，然後一隻蟾蜍吐出威嚴的低鳴扣住了風聲。

人與人之間，必須熟悉到一定的程度，才能如此自在地沈默相對吧。我們彼此都明白天地之美在對方心靈中的份量，所以只需陪伴對方安靜地走著就行了。

霞色很濃，心中的愉悅也很濃，當一隻棕三趾鶉受我們腳步驚嚇，而自路旁草叢衝出驚嚇我們時，我心底忽然升起一股幸福的感覺……。

生活中常有這樣的小小幸福，而這些小小的幸福不時閃亮在如水流逝的日子裡，生活便顯得開心歡喜了。告訴朋友這個黃昏我覺得很幸福，他笑得很開心，也許他也因爲給了好友幸福的感覺而感到很幸福。

胖弟與小蝙蝠的邂逅

〔九月十五日〕

下午天氣不錯，近黃昏時候，我特地到位於高位珊瑚礁區的自然公園內，尋找一個特定家族的植物。

夕日迎著東風，自然公園內，鳴鷹飛在近處，漁舟航在遠方，幾株早開的山芙蓉粉妝濃可滴翠的南方綠野；海拔二百餘公尺的低山上，天氣正舒爽。我尋找馬兜鈴科植物的工作並不順利，重重綠意裡，就是遍尋不見它們的身影，但一路行來，風景眞好。

從僻徑轉向草原時，遇見一對母子，錯

社頂草原邊的高位珊瑚礁

身時與那母親相互以笑容招呼，各向前路後，那位胖小弟卻回頭叫住我，問我是不是這公園的管理員。我身著制服，自然是公園的工作人員，胖小弟興高采烈的轉到我面前，告訴我：

「我們剛才救了一隻小蝙蝠，就在前面那裡，牠掉在地上，有螞蟻在攻擊牠，我們起先把牠移到別的地上，螞蟻還是去攻擊牠，我後來把牠放到樹上。」他說話時，我看見他眼底燃燒著光亮。

「那隻小蝙蝠運氣很好，遇見了你。」我說。

「我媽都不敢抓，還用樹枝把牠移走。」胖小弟說。

「是你把牠抓到樹上的，對不對？」我問。

他用力地點了一下頭，我可以感覺到他心底的驕傲；我想他與小蝙蝠的這番邂逅，已在他的生命裡漾開一朵漣漪。他接著問了許多有關蝙蝠的自然科學問題，問到他母親在一旁怕我煩。

「他爲什麼會掉在地上呢？」他還問。

「可能飛行技術還不是很好。」他母親替我回答。

「你認識大冠鷲嗎？你聽牠正在叫。」不希望他繼續問小蝙蝠的問題，我試著把話題轉開。

「眞的耶，是老鷹嗎？」我從背包裡掏出望遠鏡，讓他仔細欣賞大冠鷲的特徵及翱翔天際的英姿，順便告訴他老鷹和大冠鷲的差別，但他並未對飛鷹提出其他問題。也許，他心裡還想著剛剛搭救的那隻小蝙蝠吧？

我不希望他繼續提小蝙蝠，是怕他問到落地小蝙蝠能否存活的問題。對大自然而言，野生動物捕食與被捕食是再自然不過的事，一隻落地而遭受螞蟻攻擊的小蝙蝠，其實已經很難存活。但這些自然生態的知識，他長大再明白仍不遲。多年的解說經驗告訴我，讓一個孩子學會尊重生命，比讓他獲取自然知識重要得多；與他援助受難生命的可貴體驗相較，我認爲無需急著告訴他生物間吃與被吃的自然定律，以免他以爲援助小蝙蝠的行爲不具任何意義，我希望他的心能記憶他眼底的光亮。

一隻台灣野兔自草叢間竄出，吸引了三人的注意，胖小弟立即向前追了幾步，他躡手躡腳地跟隨野兔走到草原另端時，他的母親向我問起受傷的小蝙蝠是否可以自力存活的問題，我以自然法則相告，並解釋小蝙蝠最後無論是成爲何種天敵的食物，牠身上的能量都會在自然環境中繼續傳遞（能量流動），也說明了不想告知胖小弟如此結局的因由。

其實，我自己也是這幾年才學會尊重自然界中的捕食現象，但那種因爲懂得，所以袖手的情境，並不等同於毫無知覺的冷漠。而在胖小弟這樣的國小年紀，應該有比學習生態學更重要的事——我們的社會需要更多古道熱腸的人，我相信胖小弟若能視救助受傷小動物爲應當的行止，將來遇他人急需幫助時，伸出援手就是自然之事了。

與這對母子告別後，我繼續尋找馬兜鈴，雖然最終還是沒找到，但我的心情卻愉快極了。

不見不散

〔九月十六日〕

早晨在凌霄亭看赤腹鷹時，一位從商的朋友來電告知已經來到墾丁。今天鷹況不錯，她既然來了，自然沒有理由錯過，我於是請她自行來到社頂。

天氣很好，南飛的鷹群數大而壯觀，但多飛得很高，若不用望遠鏡，只能看到點點黑影。這可苦了我那不慣使用望遠鏡的城市訪客，當賞鳥人讚嘆著天頂飛鷹時，她跟我說：看起來好小，脖子好痠。

我想，讓她繼續這樣看鷹的話，即使今早有一萬隻赤腹鷹高飛過她頭頂，對她而言也不算是一場美好的自然體驗，所以，我帶她走下亭子，換一個地方看鷹。

來到珊瑚礁森林邊的牧草地，我將車頭朝向南方。才停車，就有幾隻赤腹鷹迎面飛來，朋友哇地驚呼，「怎麼飛這麼低？」她興奮地問。

「這些是剛剛進來的。」我說。

一般而言，天剛亮就能看見遷徙的鷹群，但偏早出現的鷹多是啓程向南的旅者，天

雌赤腹鷹（周大慶 攝影）

氣好牠們乘著熱氣流上升，飛得極高且隨風滑行（飛得高可以減少氣流阻力），若天氣不佳，牠們只好靠自己振翅前行，飛得較低；而至九點、十點之後，自北方飛來的旅鷹開始進入社頂上空，因需尋找旅宿棲所，自然飛得低；還有一種較複雜的情況，就是當半島天氣尚可，但南方海上天候不佳時，清早南去的鷹群會半途折返，此時在凌霄亭上也能遇見從你頭頂撞過的赤腹鷹。

這社頂南邊的草原恰是鷹群抵達時的入境處之一，常可見貼近草地低飛的鷹，我最喜歡這種近距離迎接牠們的感覺了。朋友被飛鷹吸引，急著想下車，但我阻止了她：「我們最好待在車上，否則鷹不會靠近我們。」

「爲什麼？」

「大概會怕人吧？一下車牠們就會飛遠，如果待在車裡的話，牠們有時還會從車窗邊飛過。」

「眞的嗎？」

「屢試不爽，牠們怕人不怕車，我們還是打開車窗就好。」

今天鷹況眞的不錯，不只出境的數量多，入境的數量也不少，我們看著鷹群一波波飛來，偶爾還有一隻鷹暫歇在不遠處的木麻黃枝上。朋友顯得十分雀躍，當一隻旅鷹近距離飛過車邊時，她將頭伸到窗外喊道：「我明年一定還會來看你們，不見不散。」

看她這麼開心，我也相當開心，看著鷹的影子滑過如浪的草地，我不禁自語：這種感覺眞好，墾丁的秋天，眞美。而在這樣的美麗秋天，我和年年如時過境半島的赤腹鷹，正如她所言：不見不散。

星光殺手

〔九月十七日〕

學姐一家來訪，夜裡帶他們去看星星。

爲讓客人能看見滿天明亮的星，我的車從燈火輝煌的路街鑽向幽暗的鄉道；來到貓鼻頭公園最內側停車場，停好車熄了車燈，學姐下車便說：「這裡好黑。」我請他們抬頭看天，這家人異口同聲：「哇！」

天夠清朗，夜夠黑，滿天星斗華麗璀璨，星垂平野。一個典型的墾丁星夜。

仰臥看星，星光似水，蟲音如鈴，濤聲散播夜的寧靜，偶爾一隻好奇的螢火蟲點燈前來探看，一會兒就讓孩子們給追跑了……。星光下，學姐忽問：「來的時候，有好長一段路都很暗，怎麼不多設些路燈呢？」

「路燈是星光殺手，如果這裡也亮著路燈，我們就不能看見這麼漂亮的星空了。而且，怕光害的不只星星，螢火蟲也是怕光的，牠們靠閃光的頻率來求偶，路燈會吞沒螢光，所以設了明亮路燈的地方，螢火蟲就會離開。」我說。

「我就想，不設路燈可能有特別的原因。」學姐說。

從夜暗的貓鼻頭公園回到燈火通明的南灣，孩子們在便利商店買了點心飲料後，大家沙灘上散步，臨海公路兩旁新設的路燈使海灘一片光明。

「嘿！這裡真的看不見滿天星星哩。」學姐說。我們抬頭望天，望不穿一片光霧。

在那二排亮得有點誇張的路燈未設之前，這個沙灘原本是適合看星星的地方，尤其在可以看見南十字星座的春夏季節，南灣海灘是最好的觀看點之一，海灣深處就正對著南十字座，正對著南方，我初次在這裡看星星的時候，曾把低垂的星光和海上漁火連成一個星座盤上找不到的星座……。

「以前這裡沒有路燈嗎？」學姐又問。

「有哇！在那些很高很亮的路燈中間不是有一排白色的、比較矮的、光只往下照的燈嗎？那種路燈比較不會造成光害，可惜大家對它的照明度不夠滿意。」也許是社會治安愈來愈差吧？人們彷彿愈來愈恐懼黑暗，近來到處都看到刺目的明亮路燈被高高立起，大家似乎恨不得將黑夜燃成白晝。

「妳不是說燈太亮會沒有星星和螢火蟲嗎？那為什麼要弄得這麼亮呢？」學姐的小女兒問。

「可能是因爲設路燈的人只想到亮一點可以讓人活動比較方便，沒有想到星星和螢火蟲吧！」我說。大家都喜歡燦爛的星空及螢火蟲，但當我們設法用各種燈光把黑夜照亮時，卻很少人想到或在意那可能使我們失去美麗的星光及螢火蟲。

然而，人間燈火愈明亮，天空星子就愈黯淡，螢火蟲也將走得更遠，當我們選擇在大街小巷架起輝煌的路燈時，也撰擇了與明亮的星空及螢火蟲告別。燈光與星光（或螢光）之間，人們必須有所取捨。在城市與許多鄉村已經失去明亮的星空及螢火蟲之後，我們難道不該把僅存的夜暗留給星星，留給螢光，留給渴望尋覓璀璨星空的心靈？

與學姐一家道別時，小女孩說：「妳告訴大家星星和螢火蟲怕燈光，好不好？」

錯愛

（九月十八日）

幾天前的黃昏，值班同事來電話說，有遊客從路旁水溝撿來一隻紅嘴黑鵯雛鳥，不知如何處理。我想，在樹上築巢的紅嘴黑鵯會掉落溝渠內，這個鳥家庭肯定遭逢巨變了。

過會兒同事將鳥兒送來，一看清那隻雛鳥，就不難猜到——又有人發揮錯誤的愛心了！

那鳥兒全身黑色羽毛稀稀疏疏濕濕，額板褐紅嘴尖鮮黃，有著一雙與小小身子極不相襯的粗大腳爪，牠不是紅嘴黑鵯，而是紅冠水雞。秧雞科的紅冠水雞主要棲息於水域草澤，築巢在地上，以植物種子、嫩葉、水生昆蟲及小魚為食，這隻剛出生的小小紅冠雞可能是跟隨母親出外活動，不巧被人撞見，母親及兄弟姐妹全閃避了，只牠不及躲藏，便被當做棄嬰撿了起來。

類似的尷尬在國家公園內不時上演，遊客「救」來陸生龜，疑惑牠為何跑到山上

紅冠水雞（周大慶 攝影）

（其實牠本來就住在山上）、捉來小野兔說母兔看見他們靠近即丟下小兔跑了（其實母兔是為保護小兔而採行「誘敵」策略），前些天有人把正在學飛的小燕子當做傷鳥送來，也曾見好心人將陸蟹帶到海邊放生……。

同事說在找到我之前也問過其他人，都說這雛鳥難以養活，他恍然明白應該放回原處讓親鳥將牠領回時，送鳥來的遊客已不知去向，也不知這小鳥是他們自何方帶來的！此刻放生又明知只是任牠死去。他看來不安且自責。這幼鳥握在手裡不及半個巴掌大，不停地發出啾啾哀鳴，面對如此幼弱的生命及不知如何是好的值班同事，我除了收留，也沒有其他選擇，但怎麼養呢？這次情況不同於我以往收留的幼鳥，牠不會張大嘴巴索食。

紅冠水雞的雛鳥是早成性的小鳥（像小雞），出生不久即能跟隨親鳥出外覓食，不似一般幼鳥只等在巢中張開大口向親鳥索取食物。而這隻雛鳥也許因為被捉後環境壓力太大，也許因為牠母親還來不及教牠如何覓食，我給牠食物牠不知啄食，只一勁兒鳴叫，好不淒涼。同事懊惱著不該貿然收下牠，遺憾遊客對牠的善心反而害了牠。折騰半天，還是瞪著牠發愁。把牠捧在手裡，看牠被擦乾後絨毛膨鬆了起來，嘴尖尖腳大大的，模樣非常可愛，以吸管送蜜水至牠嘴尖，牠勉強啄食。怎麼養呢？一時也找不到母雞來帶牠。

夜裡，我向許多人討教，大家給了一些建議。隔天也有幾位同事伸出援手，甚至有人為牠帶來小魚粥，但牠仍然什麼都不吃。我們沒辦法，只好用灌的，但灌食的量卻又不知該如何斟酌……。

我們竭盡所能，牠卻在今晨魂歸離恨天，留給我們幾許遺憾。我想，倘若將牠從大自然中帶來的遊客知道這其中曲折，應比我們更感悵然吧？

秋天飛起來

（九月十九日）

早晨，我披著清澈陽光出門，走入社頂公園時，天卻變得陰沈了，風中也有涼意。步上賞鷹亭，這在前些天人滿爲患的亭子，此時空空盪盪，只有同事鳥人蔡杵在露天亭台一角，他見我便問：「妳怎麼會選這種天氣來看鳥呢？」東方海面已是重雲低垂，眼看大雨就要傾落。

「今天休假，一早天氣原本不錯的，出門看看秋天。」我在自認爲最佳賞鷹寶座上就位，問：「鷹況怎麼樣？」他在這候鳥旅飛的季節登亭數鷹，已逾十個年頭。

「到目前爲此沒有鷹出現。」

我們一起望著冷清的天空。

空中有陌生的花香，那香味飛在涼風裡，有一種秋天的味道。我四下張望，想知道是什麼植物在招引蟲蝶。亭邊開花的植物有肥豬豆、老荊藤、歐蔓和一種像是戟葉田薯的細藤，那細藤的花一串串，粉白色，極小，比較可能是它發散出的香味，因爲其它的花朵我都很熟悉。

我翻過涼亭的圍欄到花木交錯的珊瑚礁岩上，鳥人以眼神畫了一個問號。香味真的來自那細小的花朵，我回頭告訴他答案並問這植物是什麼？他也沒見過這小花，但與我一樣認爲是戟葉田薯。爲什麼我們以前都沒看過它的花呢？

爲了等候鷹群，每個秋天我們都來這個亭子，尤其他爲了紀錄旅鷹數量，更是天天報到，爲什麼我們老是看到這植物的果實而沒看過它的花？想來花期恐怕很短，短到我們一不留神便錯過了。大自然就是這樣子，同一個地方你年年守候，還是能有不同於以往的小小發現。

我還在岩石上探究小花的構造，雨已經來到。雨勢轉弱時，我告別鳥人走下亭子，他則要守到中午，雖然明知這樣的天候鷹群不可能飛，但那是他多年來的自我堅持。

黃昏又來到龍鑾潭南岸。中央氣象局對恆春半島發佈了豪雨特報，此時的潭面滿目蒼涼，風呼呼吹過天地，潭上雲朵不斷由東北行向西南，幾隻大白鷺舉著S型的長脖子在草洲上翻飛如白帆。然而就在最荒涼的時刻，西邊樹林卻扇起大片令人心悸的南方飛雪——數百隻鷺鷥擎起又飄落，爲尋求一個暫棲點而秩序大亂。

六點整，林子上方開始飛起數大的鷺鷥群，牠們在空中集結，然後將隊伍帶到潭上行告別儀式，宛如由西至東拉開一扇千鶴屏風，這些雪白鳥影飄然山水間，就彷彿是秋天飛起來了……。

也許天候不佳的緣故，南去的鳥群有部分半途潛回。不久，林子再飛起一片白鳥，大約數算有五百多隻，而在這個隊伍的末尾，又接續飛起近四百隻的鷺鷥！我不禁長吐一口氣，以平衡內心的騷動。可惜這平日在台灣鄉野並不難見到的鷺鷥，即使在遷徙季節有如此壯觀的場面，媒體與遊客卻無追逐的衝動，與社頂的賞鷹人潮相較，鷺鷥過境的潭畔總顯得人影寂寥，但對如我這般貪愛美景的本地居民而言，雪白優雅又適於肉眼觀賞的鷺鷥群，可是秋天不能少看的風光。這場自然風光，也許平凡，卻是最美。

奇異的紅雲滿天，水畔鳥影不斷，大隊鳥群離去必有部分返回，返回的鳥群又再集結，不死心地一次次嚐試南飛；往返的旅鳥交會，天空撒下幾聲嘎鳴，我的心情隨秋天飛起，一切塵事都在思緒之外。

送你兩枚紫貝殼

（九月二十日）

南方海域又逢颱風經過，鎮日汪洋騰動，濤聲喚人。下班後來不及換下制服便直奔海灣。

遠遠地，我已從灣區瀰漫的濃重水霧猜測出波瀾的壯闊，待臨現場，還是忍不住一聲驚嘆。大浪之前，平日佔據沙灘的鮮艷海灘傘及各式遊樂器材都退場，海灘終於回復本來面貌。

如千軍萬馬奔騰而來的海潮之上，斜陽將飛紗般的水霧染出一片光暈，令人雙目迷離。我從車上搬下一張小椅，坐在海堤上觀景。驚濤震耳，平日一線相連的海天之際，此刻浪峰跳躍如火苗，而層浪之間，卻仍有人影，那是一群每逢大浪來時便要躍入海中的衝浪人，他們先辛苦地伏在衝浪板上划游出海，再乘浪而回，把握那幾秒鐘立於浪潮之上的刺激；而在浪花的邊緣，一群剛從學校下學、穿著高中制服的女孩正漫步嬉戲，爲壯闊海天添綴輕快節奏；在此同時，一輛車在離我不遠處停下，一名高大男子下了車向緊臨沙灘的珊瑚礁區走去……。

秋潮向晚，波濤蕩闊，夕日臨海時在水面及濕沙上映出一帶金光，我看得出神，不知何時那些衝浪的年輕人已抱著衝浪板走在沙灘上，女學生們也已彼此分散，這會兒衝浪的男孩與看浪的女孩正成雙走向沙灘另端去……。我不禁莞爾一笑，憶起些許年少情懷。

日輪西沈後，魚鱗狀的高積雲由西天燒到東天盡處，霞光在白浪上層層著色，暮色美得令人微感窒息。那位低頭於珊瑚礁區尋覓整個黃昏的男子，在海天同泛醉意時走回車邊，與我比鄰送走華麗濃暮。當金星在日落深處點亮，我收起小椅回轉車邊，卻瞥見那名男子在車燈前檢視著一堆貝殼，毫不遲疑，我向他走去：

「好多貝殼。」我說。

「在下面撿的。」他答。

「你常常一個人到海邊撿貝殼嗎？」

「對，我非常喜歡貝殼，家裡有三面牆放滿大的小的各種貝殼。」他平靜的語調中帶著自得。我看著他，正準備說出想說的那句話，他卻將二枚貝殼送到我面前說：

「送妳兩枚紫貝殼，是這裡面最漂亮的。」我望著他的笑容，一時語塞。他把貝殼放到我手中，我看著那二枚寶貝，還是說出了要說的那句話：「可是國家公園內不可以帶走貝殼。」

「為什麼？」

「這裡所有生態資源都受到國家公園法的保護，任何東西都不能帶走的。」

「包括沒有生命的貝殼嗎？」

「是的。沒有生命的貝殼，其實和許多生物有著密切的關係，像寄居蟹，貝殼是寄居蟹的家，撿走貝殼寄居蟹就沒有家了。」

「那我把我這裡所有的貝殼都放回去，妳那二顆還是留下吧，難得撿到這麼漂亮的貝殼，而且，寄居蟹也不住這種貝殼。」他說。

我捧著貝殼，不知該再說什麼，但還是搖頭。昏暗中他笑問：「妳穿的是學校的制服嗎？」

我答：「是國家公園的制服。」

他走後，我望著手上貝殼不覺失笑：一向號稱最感性詩意的人，卻做了最煞風景的事！不過，如果有下次，我大概還是會這樣……。

探索自然

（九月二十一日）

與幾位朋友走在滿州山區的產業道路上，道旁叢林裡忽傳來一種野生動物短捷響亮的喀、喀叫聲，我直覺是獼猴，但聲音似乎又太響太兇，朋友猜是山豬。就在幾個人凝神張望紛紛發言時，我透過交錯橫柯，看見小溪對岸一張正與我對視的臉，一張台灣獼猴的臉。

一位朋友尋著牠後，問：牠是不是喉頭卡到東西了？

我們向前一段路尋個較開闊的視野看牠，牠則竄上枝頭向我們搖樹示威。看牠身子又大又肥，眞令人擔心那落盡葉片的枝條是否撐得住牠這般猛烈搖撼！

喀、喀、喀……，牠一聲接一聲喊得響亮。

在與我們對望一陣之後，牠開始穿枝過葉在樹與樹之間奔躍，我們一會兒喝采，一會兒叫小心，過一會兒又喊：上面還有一隻……。後來的一段路，稍加留意，便能發現對岸林間或奔跑或搖樹或靜坐或孤單或成雙的獼猴。朋友恍然大悟般說：原來前面那隻是斥候，那叫聲除了向我們示威，也在向家族成員傳送警訊。先前那一隻當然是斥候，同行幾人腦底都還有這點常識，我想朋友恍然大悟般的語氣，傳達的是親身探索的驚喜。

這裡的森林鬱鬱蒼蒼，挨擠的叢樹、樹上密生如皮毛的著生植物、姿態妖嬈四處攀搭的藤、奔躍的猴群、喧鬧的鳥鳴及蟲唱——熱帶森林的多樣與豐饒，令人眼耳撩亂。以心傾聽，還可以感應到自密林深處傳來的一波波渾厚的音律，那是健康大地的強韌脈動。

朋友們雖因公務在身只能小走一段路，但大家臉上都掛著滿足的微笑，頻頻說此行值得。我明白他們心中的感受。回思剛才探索動物聲音發現猴群的過程，最迷人之處其實不在最後看見了什麼，而是在探索的過程中，情緒隨自然情節起伏轉折的那種物我交流，一種勾引出內心最純摯的喜悅的交流。這種喜悅，我常能在大自然中體驗到，即使單獨一人、心事沈重時也能夠。

走出山林，朋友揮別時的嘴角，讓我看見自然探索的魅力。

秋風悲杜鵑

（九月二十二日）

九月上旬，一名鳥友在關山路邊的草叢裡發現一個番鵑的巢，巢中有二隻雛鳥和一顆蛋。

番鵑是杜鵑科的鳥，身長約四十公分，全身羽色大致黑褐而帶有綠色光澤，背與翼栗褐色；普遍分佈於台灣平地至低海拔山區的樹叢及略高的草叢間，以爬蟲、昆蟲和植物果實爲食。台灣有七種杜鵑鳥，其中四種在此地繁殖，牠們繁殖育幼的策略，多採幾近無賴的「托卵」方式，也就是偷偷產卵在其他種鳥的巢中（將他種鳥巢中的卵啣走或呑掉一顆，再產一顆自已的卵，魚目混珠），讓該巢的母鳥來代盡孵育之責；待小杜鵑鳥孵化後，遺傳基因所賦予的生存本能，讓牠羽翼未乾便懂得將巢中其他的卵或雛鳥排擠掉（用背把牠們頂出巢去），以獨得該巢親鳥所帶回的所有食物（小杜鵑鳥的養母常爲體型嬌小的鶯亞科鳥類，這嬌小的母鳥在小杜鵑孵化後，即使發現新生的雛鳥個兒竟比自己大許多，仍會盡心哺育，有時甚至出現母鳥站在小鳥身上餵食

番鵑

的畫面），但番鵑並不行托卵之舉。

正因番鵑是台灣唯一築巢的杜鵑鳥，我對牠的巢特別動心。

今天與發現番鵑巢的鳥友因事一同到關山，我要求去看番鵑的巢，他卻面有難色地說：「怕妳難過所以沒跟妳提，我昨天去看那個巢，鳥巢竟然被除草除掉了！我在地上找了一下，沒有看見雛鳥和蛋。」

番鵑的巢沒有了？我還是想去看看。

秋陽清麗，秋風在空中聲聲徘徊，他蹲在殘草散亂的馬路邊，拾起幾片斷葉，說那就是被打散的鳥巢，原來的番鵑巢如半個排球大小。我接過斷葉細看，是路旁尋常的大型禾草葉片，此刻看起來不過一截枯草，經過鳥兒的編織，卻曾是蘊育生命的窩巢。這巢原先築在隱密的叢草間，他是怎發現的呢？

「那天我經過這裡，在離巢約五十公尺的地方看見一隻番鵑叼著蝎虎，當時覺得奇怪，牠那樣子不是求偶就應該是育雛，但已經是秋天了，又好像有點遲；後來牠發現了我，一付想把我引開的樣子，我想可能附近有巢；我在車子裡等了一陣子，牠也許適應了我的車，後來就跳著潛入草叢，那裡果然有一個巢，就在電線桿旁邊。我趁牠出去覓食的時候去看了一下巢，確定裡面有小鳥。」

「你常來看這個巢嗎？」我問。

「沒有，牠們很敏感，尤其在孵卵期，被干擾很容易棄巢。發現巢之後，我來看過一次，坐在車子裡看，那隻番鵑多半在附近覓食，帶回來的食物大多是昆蟲；昨天再來，就變成這樣了。」他撥弄著散落的巢葉，又說：「好可惜，這些草長在路邊也不妨害交通，沒想到會被除掉，早知會這樣，我就先在電線桿上貼個告示，讓除草的人知道這裡有鳥巢。」一陣風唱，那在風裡微微抖動的，不知是枯草還是他的指尖。

風景區路邊除草是例行性的工作，工作做久了，常不再被思考爲何非如此做不可。我曾因美麗秋草在花期遭斬除而提出意見，當時是爲視覺美感及惋惜秋花，不料這回竟折損了一窩小生命。這時節，失去幼鳥與巢的親鳥也來不及在今年再營一個窩巢了……。

秋風嗚嗚，我在風中捕住一片斷葉，爲這個悲傷杜鵑窩留一紀念。

台灣欒樹

〔九月二十三日〕

清晨早起至社頂公園賞鷹，登亭而望綠樹叢中紅黃交錯，秋色散落在珊瑚礁森林裡。從望遠鏡看，又是台灣欒樹開花結果了。

台灣欒樹有另外一個常用的名字，叫苦苓舅；還有一個不常用的名字，叫台灣金雨樹。這無患子科的喬木，葉是羽狀複葉，小葉葉緣呈鋸齒狀；花朵金黃色，細小繁多，排列成圓錐狀生於頂端，花落時一地金黃（故有金雨樹之名）；果實爲紅色膨大蒴果，有氣室，成熟後開裂，可見黑色種子連附於氣室上。

台灣欒樹彷彿不慣於群居，個體分佈以散生爲主，生態上的分佈可由內陸延伸至海岸。夏末秋初花綻，仲秋即可見紅果成串，也許因爲顏色與外型，果實似乎比花朵更引人注意，許多人甚至將那滿樹暗紅誤認做繁花。

台灣欒樹的葉片如一面羽扇，一面羽扇就是一片葉子，其上有許多小葉，所以稱「羽狀複葉」。在陽光熱帶，許多植物的葉片顯得闊大，但葉子如過大，便會完全遮阻陽光穿過，如此本身位於低層的葉片及掉落於樹下的種子就無法得到陽光。陽光是植物能量的來源，且多數植物的種子，是需要陽光才能發芽的，於是，有些樹就演化出羽狀複葉，以便讓部份陽光通過；此外，熱帶地區植物的蟲害與病變不少，一整片的大葉子受到感染時容易蔓延，分裂成許多小葉則可降低感染率。羽狀複葉，一舉數得。

台灣欒樹是一種對季節感應極為敏銳的樹：冬日乾旱的氣候裡，會脫去身上的葉片以減低水分蒸散；春來則嫩紅、新綠萌竄，滿枝鮮翠；夏末點點黃花綻於樹冠，風搖金雨落；入秋後黃花紅果同見於山林，為季節粧點氣息。這美麗的樹，是台灣特有種，也就是說：在地球上，只有台灣這個島嶼有這種樹天然存在。

由於頗具觀賞價值，台灣欒樹已被廣栽成行道樹，無論是北方或南方的城市，都可見它整齊排列於路旁或分隔島上。當大雨過後，你也許會注意到，路邊的積水或逕流裡有台灣欒樹的紅果飄浮，這時我們便可以明瞭果實的氣室在種子傳播上的功用了，那膨胖的果實正帶著種子逐水漂流，去尋找另一處可以擴張領域的生長空間——當然，在城市裡，漂流的種子只能空有傳播之夢，但在珊瑚礁森林裡，那可是一趟充滿想像與希望的旅程。

度假的方式

〔九月二十四日〕

整個上午，我坐在旅館的落地窗前，看著窗外不肯離開，手上拿著一本書，卻一直未翻開。

山腰上的這座旅館，是墾丁最古老的公園旅館，坐擁台灣南端海天青碧的開闊視野，透過一扇窗，可以看遠方貓鼻頭岬角劈開台灣、巴士兩海峽，也可以看近處大尖山巍然峙立。而山海之外，藍天澄澈，一隊隊白雲在天空變換各種姿態；偶爾一隻鷹俯衝過明淨山水，穿透一幅油彩圖畫……。原來，這老旅館的新名字——海天青，是名詞也是形容詞。

其實我昨天深夜也是如此流連在窗前，望著海洋褪盡月華，守著大尖山在星輝裡睡去。這裡看大尖山眞近，山頂岩壁的嶙峋凹凸、岩隙綠樹的風過波痕均盡收眼底。山的那一邊，就是我工作與居住的地方。我一向愛旅行，以往四方遊歷，總不免長途奔波，這次由於機緣巧合，旅程由遠途成咫尺，度假的所在與居住處只相隔十五分鐘車程。如此在居住的風景勝地度假，是從未有過的經驗，心上感覺頗新鮮。

相對於我在屋內的靜坐，屋外卻是熱鬧的，有人在泳池裡學划海上獨木舟，準備明日下海徜徉；有人在院子裡修剪草木，空氣中瀰漫著青草的辛香；再看得遠些，海面上有漁舟數片，間有遊艇劃出兩道白浪……。

我原想加入泛舟的行列，但窗外風光讓我放棄了搖槳的野心，一個人自在輕鬆、衣著隨便、無所事事地看著美麗風景，怡然自得。時光在一扇窗之間流轉，肚子餓了去吃點東西，吃飽了看會兒書又回到窗前呆坐，回思日前的熬夜忙碌，我不禁嘴角泛笑，這般徹底閒散的日子，往後恐怕也不可多得。

也許坐得木定了，三隻洋燕佇足窗台上搖頭擺腦一派天眞地看著我，竟也不怕人。牠們一會兒飛了去，一會兒又再來，隔著一扇窗，倒是牠們在遼闊天地裡探看窗框裡的我了。就去外頭走走吧。

泛舟的人群離開了，擔任救生員的女孩一邊悠游水中一邊清理池子，身影極好看；我沿旅館周圍散步，遇見一隻黃裳鳳蝶翩翩行過身前，又看見幾隻鶺鴒在院子裡翹動長尾巴，來到大尖山前清風吹涼了的青草地上，伯勞的嘎嗚四野響起。每年候鳥來時也是東北季風初起時，恆春半島的天候就在此時戲劇性地由炎暑頓轉秋涼，或許山腰約二百公尺的海拔高度也有助於季風降溫，午後的室外溫度頗爲宜人。待救生員離開了泳池，我便入水游了起來，與我分享清涼池水與水面金色陽光的，是幾隻剪水的燕子，大概就是先前在窗外望我的那幾隻吧？

浮水仰望夕陽裡的雲天綠樹和青山，忽然對世事有點領悟。因爲在國家公園工作，常接觸到各類型的遊客，以往我和同事對來到國家公園卻留在旅館不出門的旅者，或遠道而來只盤桓一宿看場公園簡介即離去的外賓，總充滿不解，這趟意外的旅程卻讓我醒覺到：以往或許太侷限於「專業」的範疇中了，誰說來到國家公園就非得各處探看自然生態不可呢？愜意享受一段自在悠閒的時光，也不失爲度假的絕妙方式。只不知我此番旅遊型態的改變，是否也反應出了年紀？

與好友共明月

（九月二十五日）

獨自在山腰上度假，兩位擔心我沒東西吃，又擔心我太無聊的朋友特來探訪，並同賞秋月。

月上弦，缺著半邊，卻將旅館的觀海院落照亮如黎明。在灑滿月光的水池畔，三人一邊搶著說話，一邊烹煮簡單的晚餐（依著習慣，年歲略長的那位忙著煮，其他兩個則等著吃）。我捧著待下鍋的青菜，與沒事做的那位各持己見地談論對飲酒的看法，有時話鋒轉到忙於烹調的朋友身上，他則哼哼哈哈敷衍我們幾句。這位烹飪大師在我生活的半島上身居要職，但朋友相聚卻多由他下廚，因他特愛流汗，所以總見他脖頸上掛著毛巾、汗流浹背地招呼我們的肚腹。不管他給吃什麼，我總覺特別味美，可能因他加了友誼調味。

月光使白麵閃閃發亮，三人唏哩呼嚕吞著，然而餐未畢，烹飪大師的隨身電話即響起，他放下電話後宣佈要下山去一趟。原來，他早有飯局，接獲邀約即先來爲好友烹煮一頓月光晚餐……，我們這兩個只會等著吃的朋友，決定送他下山去，並待他餐聚散後再接他上山。

在海邊的飯店把人放下後，兩人驅車往東岸的崖地，散步看月兼等人。秋芒搖曳，夜蟲高唱，我們在草原上繞著圈子走了一圈又一圈，雙腳累了嘴還停不下，人聲與蟲鳴競賽似的，互不相讓。

「我們話還眞多。」他語帶自嘲。

「想說又有人聽還聽得懂，也是一種幸福。」其實有些時候我並不想聽人多說話，而更多的時候，我不想多說話。

星垂平野，夜空中有候鳥行過，芒花前停步，我伸手搖動花桿，搖不落花上的月光，卻讓帶著冠毛的花種乘風飛去……。

「妳生活得眞自在。」雖然居住在相同的一方水土之上，我和他一直過著完全不同的生活，今天算是「過我的日子」。

「生活是一種選擇，我也許生活得比較自在，但也沒有你的身分地位及財富。」他聽我如是說，狠狠瞪了我一眼，其實我並無任何消遣或挖苦之意，但不知爲何他總覺我常消遣他。

「教我認星座吧。」我知道今天教他，他明天可能就忘，但那也無妨，爲好友重複述說美麗星空，也是件愉悅的事。夜已深，冬季星斗正東升，偏斜的月隱不住那些明亮的星星，星光與月華相映，層層把人包圍……。我將滿天星座連了兩遍，又應要求說了幾則星座神話，然而在朋友以科學精神重重提問之下，神話都成了笑話。

接了自飯局中出走的烹飪大師，又回到看海的院落。山腰看海，西斜的月爲海面鋪上一匹隨波湧盪的光氈，在未點燈的泳池畔，我們坐在躺椅上靜靜地看。

夜涼如水，躺椅的仰角愈調愈低，不久就有人吹起低低的鼾聲。醒著的兩個人繼續說著話，天南地北隨興前往。偶爾，睡著的那位會醒來嫌我們吵，我們則笑聽他鼾聲再起，又繼續說話。以天爲廬，朋友們的說話聲想必使酒後的他，睡夢更安穩吧。

月光織成的錦被不能禦寒氣，我至車上拿來外套爲眠夢中的朋友添暖，他說了聲「是有點冷」，又吐出鼾聲。月將沈海，顏色轉紅，在朋友的低語與鼾聲中，今晚缺了半邊的弦月，令人有圓滿的感覺。

三角仔來的時候

〔九月二十六日〕

夕陽入海時，海水鏡平，他們一個抱著漁網，一個扛著綁滿紅繩的長竹竿，穿越盛滿霞光的珊瑚礁潮池，走入海中，向已在水裡游了一會兒的人影靠近……。

當斜陽離海面還有一個手掌視線高度時，我便來到這半島西南隅的萬里桐小海灣。這個美麗的小海灣我算得上常來，但今天的海灣風光有些特別，近岸海水中有幾組人在活動，其中有些人拿著奇怪的綁紅繩竿子，而灣中央的水域，則有二人忽浮忽潛，游得像覓食的小鸊鷉，這些人一看便知不是觀光客。

我拿望遠鏡觀察水裡人的動靜，那頭戴蛙鏡忽浮忽潛的是在捉魚，但那揮動著紅繩竿的，怎麼也看不懂是爲何事。夕陽正醉人，但海灣裡除了我，似乎無人在意日輪就要親吻海洋，一位阿伯背著夕日行過我獨坐的堤階，我向他詢問那使人疑惑的紅繩竿。

「在趕三角仔啦！」

萬里桐夕照

我若有所悟地哦哦點頭，他走了過去。三角仔當然是一種魚，但爲何以前未見如此場面呢？

如賞鳥一般，我以望遠鏡欣賞著水裡如水鳥游動的人影，直到他上岸。當這位年輕人手中捏著幾尾臭肚魚走過我身邊，我又向他打聽三角仔的事。他說三角仔每年這時候最肥，而且黃昏夜晚會群游至近岸覓食，所以村人這段時間就會下海網捕，除了魚獲可供自家及左鄰右舍享用，也可以活動活動筋骨，就如他到灣裡捉魚，雖然整個黃昏就撈得這兩三尾，但游游泳也不錯。

早年，人們總是靠山的吃山，靠海的吃海，半島西岸的村子都緊臨著海灣。這個小漁村鄰近海灣的房舍整潔樸素、高低有致，金色陽光裡哼著海洋的歌，意境極美，而此刻海灣裡添綴村人漁撈的形影，看來更覺有味。

那在夕陽沈海時才下水的一組人，正好爲我說明了捕三角仔的程序：捕三角仔多爲三人一組，一人先至海中察看魚群狀況，然後一人舉紅繩竿至水中驅趕魚群，另二人張網以待……。天上霞光即將斂盡，灣邊小屋升起令人懷舊的裊裊炊煙，天光昏朦中終於有人持紅繩竿子爬上海灘，我迎向那全身濕透的男人詢問漁獲，他說捉到很多，自己吃算豐收。

自己吃算豐收。聽在我耳裡，這句話彷彿含藏著濃縮的生活哲學。

在半島上居住多年，每年秋天注意力總追隨候鳥的行蹤，今天來這個小海灣，也是爲觀察是否有南遷的鷺鷥群從此處經過。沒想到，未見鷺鷥，卻撞見最平常而動人的漁村風光！眞難相信，我至今才看見這裡年年上映的秋景。

深濃暮色裡，有釣魚人來到海岸，他們說要來釣三角仔。這時候夜釣三角仔，一次下竿可以釣上一整串。離開村子時與一輛白色轎車相錯，那車的後窗全開，窗口伸出一綑綁滿紅繩的長竿……。

走過的路與心所看見的風景

（九月二十七日）

朝陽剛在山崗上露臉，我們已經背包上肩，今天的行程是沿中央山脈餘脈與太平洋交會處徒步，由溪子口經出風鼻往南仁灣，巡看南仁山生態保護區外緣海岸。

這段毫無遮蔭的亂石海岸對許多人而言是一項挑戰，走過的人總愛誇張其困難度，所以同行幾位未曾來過的同事都戰戰兢兢，大家跟隨慣走山野的領隊一路向前催步，沒有人理會我那「慢慢走比較輕鬆，可以看到比較多東西」的建議。很快地，我和玉瑩便與其他人隔出一段長長的距離。起先，我們拿著相機沿途蒐集秋花的顏色，又舉望遠鏡觀賞岩鷺及許多鷸鴴科候鳥，但後來在「不要脫隊」的指示之下，只得專心趕路。

出發時原是陽光烈艷的天氣，至中午竟風起雲湧，隨即大雨傾落。海岸到處是巨大岩石，找個避雨處不是難事，一扇依山面海的海蝕岩壁成爲大家不約而同的去處。面向海洋一字排開進行雨中的午餐，情景令人聯想遠古穴居的人類。大雨持續下了許久，便當與點心都吃過，茶也喝了，仍未見大雨收勢，一夥人只好盯著雨說說話。

我們今天所走的亂石路，是台灣一段難得未建公路的海岸——不是公路單位不想在這裡開路，而是此處為墾丁國家公園最精華的生態保護區，也是台灣僅存的大面積低海拔原始林之所在，一座生物多樣性極高的綠色基因庫。雖然走這段路只能辛苦徒步，但我們視為理所當然，因為知悉自然規律的人都明白，只要路一開，生物活動的通道便被截成二半，接踵而來的人為干擾更將難以估算。同事們談論著這裡開路的隱憂，同行的處長明確表示：除非最高當局執意要開，我們擋不住，否則以國家公園的立場，一定不讓開路。

雨勢轉小，又開始趕路。攀過一塊塊砂岩，越過礫石灘地，腳底大小石塊時刻牽引著視線，雖偶有休息，卻只為調節體力，無暇飽覽山光水色，即使有人扭傷了腳踝，前頭的人還是一勁兒往前衝……。行程結束之前，一群在林投叢上覓食嫩葉的台灣獼猴留住了大家的腳步，如此一個雨過的黃昏，海天清淨，眼前一群野地生靈自在無束地活動著，多美好的畫面！可惜我們仍未多做盤桓，許多同事急著要把路走完。

行程結束，大家略顯疲憊，初次走完這段海岸的同事難掩愉悅之情，但一路走在我前後的玉瑩卻說：「走了這麼久，好像也沒看見什麼！」

這趟行程對我們二人而言可算是新體驗，以往，我們在大自然中即使只停車散步一小段路，也能擁有美好的自然體驗，然而這天沿著幾乎沒有人為破壞的保護區走了六個小時的路，卻覺得「好像沒看見什麼」！顯然，走過的路，與心上所看見的景物是不成正比的。其實，文弱如我，這段令人膽怯又躍躍欲試的亂石海岸也已走過數回，只是，以往是為觀察自然生態而來，行進速度緩慢，這樣的一段路可以從朝陽初昇走到星子燦爛。過程中，豐富的自然生態使人忽略了路程的漫長，而這次似乎旨在走完全程，漫長的路程使人忽略了大自然的豐富。

有了此番體悟，我們可以更肯定地說：「慢慢走比較輕鬆，可以走得更遠，也才能看到大自然的豐富。」

夥伴

（九月二十八日）

黃昏與玉瑩從宿舍騎單車到南灣，運動、賞景兼購物。

東風微微，南灣淺浪層層拍岸，沙灘遠處有輛休旅車臨海看浪，只差幾公尺就可以踏浪戲水了。玉瑩說：去看看。

兩人一前一後走在沙灘上，後面的自然是我。她平日一身新病舊疾，這時候卻走得比我快很多，我看著她向休旅車走去的背影，不禁竊竊一笑。只要有她在，我就鬆懈得像個看戲人。前陣子在海邊辦活動，活動結束我先上車，坐入無窗的後

潮水在沙灘上作畫

座；車前不遠處，有位打扮入時的美眉站在路邊與同伴談笑，我正欣賞著她，她卻突然將口中的口香糖吐向地上！玉瑩坐入前座時，我請她等會兒搖下車窗告訴那女孩不要亂吐口香糖，司機聽了叫我們甭費事了，沒有用的；但她堅持要盡教育之責，司機只好在女孩身前停車……。

我這玉瑩同事平時口齒並不伶俐，記事也不牢，常被說成腦袋不清楚。我卻認爲她是心明口拙，誠實面對人生及認眞實踐眞理的態度，使她與一般聰明生活的人們格格不入。於我，這樣的她卻似一潭清明水鏡，可以照見心深處疏於拂拭的角落，也讓不太合時宜的我不覺寂寞。

沙灘上的休旅車內坐著一對年輕男女，她告知不能把車開上沙灘後，在一旁等了許久，那車仍未駛離。當她拿出手機準備通知公園警察時，我眞想給她個糾察隊隊長的封號。

自然

（九月二十九日）

那對紅嘴黑鵯，又來到我門前的綠樹上探望舊巢。

大約一個多月前，我休假在房裡看書，從文字中抬頭，突然驚覺門外傳來兵荒馬亂的鳥鳴！推開房門，即見一群燕子、烏頭翁、紅嘴黑鵯在院中急鳴穿梭，充滿作戰的意味；而當我踏出房門，門前大葉山欖樹上飛起一隻鳳頭蒼鷹。望向樹上紅嘴黑鵯的巢，一隻雛鳥頭下腳上，指爪掛在覆巢邊緣……。

我出門快了些，鷹來不及將嘴邊的雛鳥帶走，我看見牠空爪站在高枝上望著我。而我，本能的反應就是想解救那個懸在空中、還鼓縮胸膛換氣的小生命。請來鳥人同事幫忙，到樹下才發現地上還躺著另一隻雛鳥。同事爬上樹重新固定鳥巢時，親鳥啣食而來，徘徊在他一臂之遙處。讓幼鳥還巢後我們離開，親鳥即入巢餵食。

事後思量，我們的一念「仁心」，對自然已經是一種干預。

當天，門外不時傳來紅嘴黑鵯的警戒鳴聲，我知道那隻鳳頭蒼鷹一直不死心。幾番

鳳頭蒼鷹

紅嘴黑鵯

遲疑，拿不定主意要不要再走出房門去？其實，燕子、烏頭翁、紅嘴黑鵯和鳳頭蒼鷹都是我的芳鄰，牠們被大自然以食物網的秩序安排在不同生態位階上，鳳頭蒼鷹捕食其他鳥類的幼鳥，也是一種宿命。然而紅嘴黑鵯的無助哀鳴如雷灌耳，我想不理又於心不安……就離開現場吧。

離開時，鷹已來到鳥巢近處，然而與我迎面相對，牠尊重自然秩序振翅離去。但我知道，鳳頭蒼鷹不會就此放棄，牠巢中也有嗷嗷待哺的幼雛。

第二天清晨，我在睡夢間依稀聽見紅嘴黑鵯的警戒聲，待出門上班時探看，鳥巢已經空寂。自此之後，每隔一段時間，那對紅嘴黑鵯親鳥便會回到我門前，其中一隻在舊巢邊前後徘徊，彷彿在找尋些什麼，另一隻則在枝上等候……。哎！癡心父母古來多，鳥類也不例外。

死亡遊戲

〈九月三十日〉

天氣很好，午後停電時，搬了張椅子到可以看到海的欖仁樹下看書。書本才翻開，就見一隻大螳螂從樹上摔落腳邊，隨後一隻台灣畫眉自綠葉間追出，目光緊盯著地上螳螂；也許因爲顧忌我這個龐然大物吧，畫眉考慮了片刻，決定放棄到口美食，揚長而去。

我目送畫眉離去的背影，頗佩服牠的眼力。地上這隻螳螂的色彩，與欖仁葉片相去無幾，牠能自那叢叢綠葉間發現這隻蟲，實屬不易。可能螳螂移動了，否則綠

大葉山欖

葉應可提供絕佳的庇護。這隻與我結下莫名因緣的昆蟲在地上靜伏了許久，才開始搖搖擺擺行步，然後找到欖仁樹，緩緩爬回牠的庇護所。

我看的書就是生態學，翻到相關章節，上面寫著：庇護所提供獵物躲避的地方，使其族群得以延續，不被捕食者耗盡；在缺乏庇護所時，捕食者與獵物的族群最後都將滅絕。大自然就是如此絕妙，欖仁樹提供螳螂掩護，也爲畫眉永續留存了食物。一般我們會認爲庇護所應可讓獵物不被捕食者尋獲，事實上大多數庇護所並不能提供絕對的安全，僅是足夠遮蔽而已，獵物與捕食者便在這樣的遮障中，進行著永不止息的死亡遊戲。

綠色的螳螂在暗褐的樹幹上，以奇怪的搖晃步態緩慢上樹，若非我在樹下，畫眉恐怕很快就到了吧。

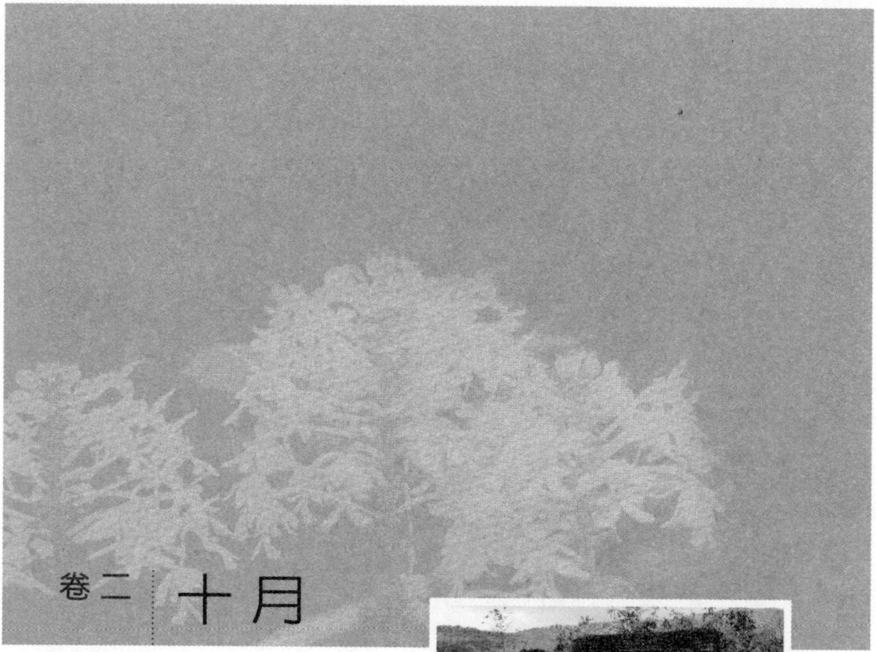

卷二　十月

里德橋

中秋夜

〔十月一日〕

不知從什麼時候開始，這個島嶼上的人一到中秋便想烤肉。

今年中秋，南台灣天氣晴朗，一入夜，街頭巷尾甚至山水之間，都瀰漫著烤肉的氣味。到餐館買晚餐，餐館門口老闆一邊笑臉迎客一邊忙烤肉；到雜貨店購物，店旁也有一群人張羅著烤肉用物；接到同事打來的電話，問的是要不要到他家裡吃烤肉；車子在龍鑾潭南岸停下，停車場前的賞鳥區也有人奮力煽著烤肉架下的碳火……。

天剛暗，高高的魚鱗雲上還有殘霞未逝，東山上近圓的明月已傾洩清華，而在月光霞色裡，一隊隊人字候鳥正頂著點點星輝向溫暖南方趕路。在如此優美的中秋氛圍裡，我走向在龍鑾潭畔以車燈照明烤肉架的那家人，哈腰以工作人員的身分告知國家公園野地不可以升火。男主人說他們不知道這規定，女主人說會還原環境的整潔。彼此都客氣，我相信他們的誠意，但望著地上那攤油漬醬污及隨風而舞的餐紙，也明白他們無論如何是無法還環境原來的淨潔了。看著架上半熟的肉，我杵在那裡一時也不知該如何處理是好，後來還是男主人主動說烤好肉就走，原先已佈置好的瓦斯筒及炊具也收了起來。

我原是為觀察夜間遷徙的候鳥而來的，現在也只能在車上一邊吃著便當，一邊看天空，一邊「監視」潭畔的烤肉狀況。當他們把車子移入綠地時，我就衝過去說不可以，當男主人將打包好的垃圾用力投向草叢時，我便大喊不要，並告知停車場有垃圾筒——到後來，已弄不清到底誰比較尷尬！這家人對今年的中秋烤肉肯定記憶深刻，雖然他們從頭至尾沒有抬頭看一眼天上的月亮。今天晚上，我的一些同事想必也在園區各處賞月，並如我一般干擾著在山水中烤肉的人們，為大家製造特殊的中秋回憶。

又來一輛車，烤肉架在原先那戶人家旁邊擺定，那位男主人趕緊趨前告知這裡不能烤肉，並指了指守在一旁的我。新來的年輕太太也保證不會弄髒環境。

可惜人在夜色裡很難看清一切，在大自然中更難掌控全局，風總會來鬧事，到了白天，來此賞鳥的人就得面對昨夜人們非刻意留下的油污與髒亂；有時候，野火也會意外地燒起……。

來得及阻止的，不可以升火；來不及阻止的，烤熟了肉沒吃就收拾離去。我繼續在湖畔月色裡記錄候鳥的行蹤，夜行的人字隊伍下電話忽響起，是家人來探問墾丁天氣，並告知：正在院子裡烤肉！

上車時轉開收音機，那電台主持人正說著：你今天晚上烤肉了嗎？我不禁笑問窗外明月：中秋節爲什麼要烤肉呢？

東岸月光海

山芙蓉

〔十月二日〕

又到了山芙蓉花開的季節。我和玉瑩相約帶著月餅、茶與咖啡，驅車至滿州分水嶺附近，專程賞花去。

山芙蓉是台灣特有的小喬木，普遍分布於島上中、低海拔山區；花朵逢秋盛開，花型大，顏色粉紅至粉白，滿州分水嶺一帶的山區，是半島上山芙蓉族群量最大的領域。不知是否存有老王賣瓜之心，走遍台灣中、低海拔山區，我認爲分水嶺一帶的山芙蓉是台灣最美，因爲是特有種，自然也是全球山芙蓉花開最美之處了。

來到山芙蓉最美的山區，選一處可看遠近花樹的所在舖開野餐墊，我們一個坐一個趴，咬著月餅看花，她喝咖啡我喝茶，狀似享受被滿山花朵包圍的浪漫秋日時光。爲何說是「狀似」呢？因爲我們其實就待在路旁草地上，心裡難免有些不安，萬一有個醉漢駕車糊里糊塗地衝過來，可能就要壓碎我們這兩朵盛開的花了（我曾在這公路上遇見迎面蛇行而來的汽車，後來只能停在公路的最邊邊，任醉晃晃的車自對側車道衝

山芙蓉

撞過來，撞去一個照後鏡）。

「我們這樣會不會太矯情？」玉瑩啜著咖啡問。

「嗯，好像有一點。等一下會不會又出什麼狀況？」我說。

兩人不禁相視大笑，我們都記起了去年秋天那個星光燦爛的夜晚。那晚我們買了個Pizza當晚餐，因爲星星太美，所以在陽台上賞星用餐。那晚的星星眞的好美呀，正吃得得意，突然一陣風過，便將我們大半個Pizza吹落樓下去了……。後來我們都認爲：可能是我們太矯情了！吃Pizza就吃Pizza，還非得要在星光下吃。

想到這裡，兩人互相取笑著趕快把茶和咖啡喝了，上車吃月餅。

其實開車賞花也是不錯的。山芙蓉可說是秋日墾丁最明麗的花朵，雖說全世界只分佈在台灣，但在恆春山區卻是相當常見的植物，半島上的山村人家門前常有一棵山芙蓉大樹在秋天開滿花，也許是在開墾建屋時刻意留下的。有時山路小徑上轉個彎，在人蹤已渺的舊厝院落，仍能看見山芙蓉自開自落，頗具詩境。

山芙蓉一旦開花，要看不見它是不容易的，不過，可不要在陽光西斜後才去看它，因爲日光一淡，它就開始閉合入睡了。

候鳥季節

〔十月三日〕

黃昏在龍鑾潭北岸，以望遠鏡觀看沿著西台地南飛的大隊鷺鷥群時，發現鏡頭中除了鷺鷥，還滿佈一種小型飛鳥，密密的，一片連著一片，數量驚人！那是偶爾也飛過我頭頂的鶺鴒群嗎？

太陽下山後，天氣涼爽，許多候鳥都利用這時間長距離遷徙，北岸的上空除了鷺鷥與鶺鴒一隊隊飛過，還有振翅速度相當快的雁鴨群及喜歡邊飛邊鳴叫的鷸鳥群。在這些旅者當中，鷺鷥的飛行隊伍整齊，從容優雅；鶺鴒以波浪的線條向前進，帶著趕路的味道；雁鴨以短的翅翼負載圓肥身軀，飛行速度之快總令我稱奇；鷸鳥的行徑則有別於其他隊伍，牠們南行的渴望似乎不那麼急切，除了時時鳴唱，也常在潭間迴旋飛行……。

遠遠近近、四面八方都不缺飛鳥，這眞是個候鳥季節呀，潭畔的空闊天空看來既熱鬧又忙碌，秋意濃得化不開。

我左顧右盼，望見前方草叢間有個低伏的人影，我不費猜疑即想那應該就是同事鳥人川了。走過去看，不是他是誰呢？這龍鑾潭畔各類鳥族的去來行蹤，一向都在他的「監視」之中。

再向前，看見潭的東岸有人騎腳踏車向北岸而來。會是她嗎？

我笑望那單車騎士向我漸漸靠近，然後對她說：「我就想是妳。」

「我想也是妳。」玉瑩說。

她停車與我一同看了會兒天空，然後我們一起走向鳥人川，從他的單筒望遠鏡裡窺看遠方濕地的水禽動靜，並聽他說說近日鳥事。

像今天這般在北岸遇見彼此，對我們三人而言是再自然不過的事，因爲每年的候鳥季節，我們都會在這裡相遇，同歌一曲喜相逢。

〔十月四日〕

蟲吻

一早走出房門，迎面是美好的秋日天氣，大自然在季節的遞嬗中重新裝扮了天地；愉悅地走進辦公室，玉瑩見我卻痛苦萬狀地說：「我昨天又被咬了，全身都是。」

「妳在晚上去草原了嗎？」我問。

「對，去龍磐看月光海。」她答。

她此刻身上眞的很淒慘，肩、背、腰、腹遍佈蟲吻，傷口紅腫起水泡，已經呈現過敏反應，那種奇癢難當的不適我可以深切體會，因爲我也不乏這種經驗，去年還因類似的蟲傷上過醫院。只是她這次的傷勢比以往我們任何一次都嚴重，看了教人極不忍。這蟲子實在太過份了！

那是一種非常癢的腫疹，不能抓，一抓頂端的小水泡就要破，破了便不停地流出組織液，使傷勢更加嚴重；但雖知如此，往往卻一不經心，手便伸去抓了，而即使日裡能忍住，夜裡睡著時也難免不去抓搔，眞的癢啊！但這種傷口到底是哪種蟲子造成的？我們年年被咬卻始終沒能發現它，它在行兇時完全不痛不癢，但造成的傷害卻既深且遠，在一個星期的過敏反應之後，還得再癢一個禮拜，然後暗色的傷痕經年不退，偶爾還莫名其妙地發癢！所以我們總是舊傷痕仍在，新傷痕又產生。不過，這蟲子彷彿深諳皇朝後宮整人之道，不咬臉不咬手，就咬披著衣服的肩頸至腰臀部位，只有一次意外地咬了玉瑩腿部，使她納悶許久。

八月的一個夜晚，我陪玉瑩探勘海濱活動現場，回來發現身上腫起幾個癢包，隔天活動開始時，我戒備森嚴地在全身上下又噴又抹防蚊液，結果那蟲子仍在頸部留下腫大的噬痕，眞是防不勝防！

同事間最易被這種蟲子侵襲的，就屬我和玉瑩，因爲我們一年當中少說也有上百個黃昏或夜晚在戶外活動；多年的慘痛經驗讓我們累積了一點心得，瞭解到那總是躲在暗處偷襲人的蟲子，多半在陽光隱退後的草地或草叢間活動。但即使以一身的新舊傷痕換得了這點心得，卻也沒能讓我們多添防禦之方，玉瑩這滿身的新傷，便說明了那從不以眞面目示人的蟲子的勝利。

可怕的蟲吻，令我們聞之色變；但是我們在夜間的活動，卻絲毫未因它而減少，玉瑩尤其喜歡在蟲子猖獗的東邊海岸舉辦各式黃昏或夜間活動，只是在又遭蟲噬時，可憐地向感同身受的我陳情。

穿上衣服，旁人看不出她身上的傷和癢，就像我以往受到蟲噬時一樣。多年來，認識的人多對我在山水間的生活頗感羨慕，尤其見我十年風日卻依然膚白髮亮；然而，這世間的任何一種生活方式都各有苦樂；在野外，可怕的不是可見可防的烈日與海風，令我們驚悚的是看不見又難以提防的蟲子。大自然中的生活，並非全然瀟灑浪漫，我們常在飽覽星光月色之後，慘對蟲子留下的傷痕，就如此刻的玉瑩，暢飲過昨夜的月光，接下來必然的去處就是醫院了。

雨的草原

（十月五日）

屋外下著雨，朋友說要帶我去看一片草原。

我其實並不在意去哪裡，與熱愛自然的好友相聚，盈盈山水何處不能去？我只是好奇，每年如候鳥般來去的他，能在我最熟悉的土地上給我什麼新視野？

車走在我行過不知幾回的道路上，不久草原已在眼前展開，雨絲使青草更顯清秀。大部分時候，身爲地主的我總是扮演開車與領路人的角色，這會兒換了個位置，我望著雨中風景，滿足的打了個哈欠。

正懶懶的說著無關緊要的話，車突然轉離我慣常行走的道路，行去的方向，是草原深處。這一帶草原我並不陌生，只是緣於安全上的考量及安分的性情，我一向只在遼闊草原的邊緣活動。

「裡頭有路嗎？」我問。

「應該算有路吧！」他答。

路，其實只是青草間的二道車轍。

疏雨敲窗，風過長草起浪，我們在雨的草原行車如行船，我慶幸我們開著一輛高底盤的車，而開車的人不是我。他在收割後堆捲成圈的乾牧草旁停下車，聽風、賞雨、看風雨中的青草。

看雨，我一向習慣登高台，總覺由上而下的視野才能空闊無垠，芊芊草原則適合充當雨的舞台；然而來到舞台的中央，才知是以往過於固執了。草原上看雨在遠處礁林間作畫，水霧如簾，一層濃似一層，漸遠漸迷濛，重重山林渺渺茫茫……。這樣的角度，雨多了幾分靈性優雅。「眞不像墾丁。」我說。

「妳大概太習慣她某種樣子，以爲她就是那種樣子吧。」他目光搜尋著車外天地，彷彿不太認眞地跟我說話，我倒是從他話裡聽到某種意思，安靜的想了一下。

同樣的青草，因著順光與逆光，左右卻有不同的色澤，大自然彷彿時刻都在向你暗示著什麼。我望著風中的草，有時想遠了，但旋即思緒又被潛入車內的雨絲喚回與他的對話上。他說他上回是追一隻鷹來到這裡的，一隻美麗的澤鵟。以他對鷹的癡迷，刀山劍海恐怕都無所懼，何況一處無人的深深草原。「追到牠沒有呢？」

他沒有追到那隻鷹，卻發覺已經身在平日從山林高處眺望的草原深處。我想他帶我到這裡，除了給我一片好風景，無非也希望能再次邂逅那隻鷹。我自然也喜歡看鷹，所以兩人雖然時有交談，眼光卻在窗外尋尋覓覓。

煙雨之外，光陰無聲，草原上不見鷹影，倒有許多小雲雀與鶯亞科的小鳥在青草間穿梭。我們向不知盡處的草原深入，到無路處便換個方向，直到他忽記起時間，驚天動地的說中午有事怎還與我在這裡磨蹭。然而車才掉轉頭，我們便同時看見牠了，一隻羽色黑白分明的雄澤鵟。

牠在天空地闊裡悠遊一陣，然後停棲青草間，並在風中張翅尋找平衡點；然後再颺起，再棲落。他透過望遠鏡讚美著那隻鷹，我卻在放下望遠鏡欣賞原上鷹飛時看見一個黑影向牠靠近——沒看錯吧？又來一隻。澤鵟雄鳥的羽色有數種型態，而這二隻均是頭部墨黑、腹部雪白、背部黑底有白斑，鳥友們公認最美的那一型。雙鷹交會，距離忽遠忽近，因爲知道機緣難得，車內空氣有些緊張，我們的視線渴切地跟蹤牠們，並驅車在草原上追隨牠們的航道……。

雨似乎想停了，只偶爾飄來幾絲，我們將車窗大開，在草原上破浪而行。「你中午不是有事嗎？」我不懷好意的提醒他，但他仍一心一意追逐忽遠忽近的鷹影，看來，這澤鵟是比我有魅力多了。

風雨山林

（十月六日）

山風在林外吹歌，雨點在樹頂談笑，我坐歇溪谷方石上，風雨不能近身。

墾丁這片低地雨林，林木層層疊疊，樹挨擠著樹，樹上還長著樹，而樹與樹之間，亨利氏伊力基藤如巨蟒般四處爬竄，將森林編織得更緊密。林內無風，林冠枝葉卻不停地因風翻動，雨絲被數以百萬、千萬計的綠葉濾成樹幹上的徑流及枝椏間的滴水，由喬木緩緩流向灌叢，自高枝階階滑向地被，一寸一寸地，潤濕了整座森林。風雨裡，林下的我彷如置身於綠色羅帳的庇護中。

爲我遮去風雨的森林自然也庇護著林內萬物，矮枝上一隻山紅頭正從容地唱著獨特曲調，灌叢底竹雞也還緩步覓食，只不知平日愛在森林上層閒盪的猴群此刻躲到哪兒去了？

一整個早上都在林徑穿行，徑旁草葉拂濕了衣衫，這會兒坐溪石上咀嚼冰冷的午餐，身上漸漸感覺冷——我總是學不會在雨天的密林中還是該穿雨衣。濕的衣、冷的肚，是有些不舒服，但若與夏日雨天時黏人的悶熱相較，濕冷還是較好些的。說也奇怪，這雨林中一年到頭難得有幾日舒爽，我們卻不問陰晴與寒暑，從無卻步的猶豫。工作已經結束，與同伴久坐無語，望著林冠搖風的枝葉，眞不想走向林外風雨。

雨林裡的小溪

雨後

〔十月七日〕

昨夜的雨，在夢與夢之間持續哼著催眠的曲調，早晨醒來窗外卻已陽光燦爛。雨後的晴空格外清朗，鳥兒的叫聲聽來也特別明亮。我於是提早出門，想在上班之前多看看大自然的好顏色。車行至南灣，忽見近岸海水色分藍黃，我不自覺猛地將煞車踩下。陽光下，拍岸浪花朵朵濁黃，這黃濁的水色沿著海岸向大海擴散，在離岸約十公尺處漸沒入無垠的湛藍。我的好心情，頓時變了顏色。

這樣的情景，我其實並不陌生，這兩年來每逢大雨，近岸海水就一片混濁，形成陰陽兩個場界，雨若持續下一整天，公路也成黃色的河。昨夜的雨聲還算溫柔，卻已將海洋染成這般模樣！我將車往南開向鵝鑾鼻，沿途近岸海域多是相似景象，若逢溪流出海處，黃濁水色更闊遠沈重。

使海水變色的是泥砂，山坡上、馬路邊那一塊塊逐次失去綠林的土地則是泥砂來處——當一片森林被砍伐，除了原本居住其間的生物失去生存棲所，裸露出來的表土也

龍坑裙礁海岸

會隨雨水流入河川、匯入海洋。而一下雨海水就變色，影響所及也並不止於視覺美感或觀看者的心情，這些使海水變色的泥砂，最後會沈降至海底，覆蓋海中珊瑚，造成珊瑚窒息、魚貝失所，威脅珊瑚王國的存亡。

降雨，原是大自然中的平常現象，它比所有生命更古老，是生態系統中不可缺的環境因子，爲大地所渴望。不到十年之前，墾丁的海水何曾在雨後即出現如此恐怖的顏色？即使在雨裡，我們沿裙礁海岸浮潛也能飽覽海底風光。現在雨若下得久些，辦公室裡負責海域監測的同事也會去潛水，但他們爲的是察看海底珊瑚被沈積物覆蓋的狀況。

海域監測顯示，珊瑚礁生態系已日漸脆弱。

其實，資深的潛水業者、獵魚人，或像我這樣久居此地偶爾去潛水的人，也都明白海底所生的變化。當年鬧得轟轟烈烈的區域珊瑚白化現象，今日在沈積物大規模污染的蕈傘下，已無人去提它。

那管理單位呢？難道袖手旁觀嗎？

墾丁珊瑚海域在國家公園範圍內，國家公園管理處對珊瑚海洋的變化清楚明白，然而烈火在身卻苦無有效對策。辦了各種說明會，請潛水業者約束潛水遊憩破壞，蓋了污水處理廠減少飯店和民生用水對海域的污染，但大家心底都明白，威脅珊瑚生態最嚴重的還是山林破壞水土流失。每逢公園區內有私有林地忽然遭砍伐，管理處也會依國家公園法告發，但這個法令似乎不夠強勢，老起不了遏阻作用，當我追著負責這項工作的同事問，總難免一場無奈尷尬。若論國家公園外，山林消失的狀況無疑更加慘烈（有一回風雨中自花蓮開車回墾丁，沿途海洋教泥漿浸染的場面令人怵目驚心，墾丁海域的黃濁度還算最輕），區外的山林濫墾也同時威脅著國家公園內的海域生態——因為河川，山與海血脈相連，陸地的每一寸傷痕，疼痛都由海洋一同承擔。

一條條蜿蜒匯入珊瑚海洋的溪河，一路流經多少個「管理單位」呢？

雨後的天空，深邃得像一道謎題，雨後的海洋，黃藍分明。那沿岸綿延的陰陽色彩，正透露珊瑚王國遭受「土石流」侵襲的慘況，負責海域監測的同事恐怕又要如坐針氈。到底需要怎麼樣的整合與對策，才能避免台灣南端海底璇宮傾頹——在還來得及的時候。

河岸草地常見的濱薊

旅途

〔十月八日〕

秋意正濃，想吃螃蟹，也想去旅行。今天休假，約了位朋友便往有風景又有螃蟹的地方行去。

旅途展開，我們放棄通向目的地的康莊大道，儘挑風光秀麗、秋花燦爛的僻靜山路行車。山中遇見一潭水鏡，停下車，看看水，看看樹，交換些對山間水庫的看法；遇見幾畦野薑花田，停下車，聞嗅微風中的花香，讚美幾聲山村景色。就在這迴繞山谷的芬芳裡，我們意外地遇見一隻展翅翱翔的巨鷹。這巨鷹全身黑褐、雙翅方長，牠起先自丘陵後方升起，然後低飛向我們而來，在我們頭頂盤旋兩圈之後，降落另一側山嶺；預測牠可能再回來，我們備妥望遠鏡等待著；牠果然很快又回到我們的視野中，望遠鏡看可以確定是一隻花鵰，一隻秋日往南方遷徙的旅鷹。朋友第一次遇見花鵰，拿了圖鑑比對許久，然後對我說這是一隻稀有的過境候鳥。我可以明白他此時的心情，因爲我與花鵰初次邂逅也在不經意的旅途中。

一隻巨鷹御風翺翔的姿態，是頗令人神往的。那長約一百八十公分的翅翼無需揮動，只輕鬆在氣流中微移雙翅和尾羽的角度，便能悠遊廣闊天空，當牠遊近時，可望見牠從容威風的神色，當牠遊遠時，就宛如一架滑翔翼。交會近二十分鐘，牠身影漸渺，我們再續前路。

花鵰的令人驚艷，除了不凡的王者氣概，也在於牠的稀少與難得相遇，然而山野中還有許多平時易見的白鷺鷥。秋天在台灣見到的鷺鷥，除了本地居留的族群，還有更多遷移的族群，居留的鷺鷥總是爲食物而尋尋覓覓，遷移過境的鷺鷥則往往靜棲不動，專心爲下一段旅程蓄養體力，當這些鷺鷥數大停佇枝頭時，遠望眞像盛開一樹的白花，而樹前一停車，即驚起一片雪色飛花……。

這季節盛開的山花相當多，最醒目的莫過於山芙蓉、山鹽青、台灣欒樹與克蘭樹，這些本土野花將青山彩染出粉白、金黃、赭紅、粉紅等色塊，使人視覺充滿秋的味道。而行至綿長的東部海邊，當然得到海灘上聽聽潮聲散散步，呼吸海的味道，訴說彼此在這太平洋海岸發生過的曾經往事……。偶爾，趕路的鶺鴒群也加入我們的對談。

一路曲曲折折，上車、下車，從墾丁到台東富岡漁港，開了三個多小時，吃了一隻螃蟹、幾道海鮮，又將車曲曲折折開回墾丁。

旅程中與同學通電話，她笑說我好雅興，爲吃一隻螃蟹不惜行路長途。

其實，我甚至不在乎有沒有吃到螃蟹。

秋天的旅行，原只是在忙碌的間隙找個理由，藉旅途風光與一位朋友好好說說話。漁港的鮮美肥蟹只是這趟旅行的終點，而在去來之間，我已攬下旅途中的秋日風景，且與朋友共度了一段愉悅時光。

台灣欒樹

島嶼的美麗與哀愁

（十月九日）

假期還未結束，墾丁街道與各風景據點已經垃圾遍地。黃昏陪一位國外來的、朋友的朋友到船帆石海邊賞夕照，爲撇開一地髒亂，我領她行至海岸最前線，然而即使立於浪潮的邊緣，我們仍擺脫不了垃圾的騷擾。停車場上遍佈的煙蒂、檳榔渣、衛生紙及塑膠袋姑且不提，珊瑚礁上也散置污紅的西瓜殘渣及烤肉留下的黑炭，潮來潮往的海蝕溝裡還卡著一支掃把……。

夕陽無限好，我爲來客解說水芫花、白水木、安旱草，也述說船帆石形成的故事，再指著遠方介紹自貓鼻頭岬角蜿蜒而來的重重山水；青山碧海色彩飽和，白雲浪花皆染斜陽之色，她坐在點綴垃圾的珊瑚礁上讚美台灣風景很漂亮。

我們微仰著頭賞景，以尋求不被垃圾干擾的視野。涼風微微，我卻渾身不自在。她問我爲何不說話了？我只能嘆口氣說：台灣風景眞的很漂亮，可惜就是太髒；我去過許多國家，覺得台灣風景其實不輸任何地方，即使在夏威夷的 waikiki 海灘，也覺那兒的海水還遜墾丁三分藍；只是，我們在乾淨上輸人太多。

她重重的點頭，說她也是這麼覺得。原來之前是不好意思說。

這四處的垃圾，反映出的是我們無法掩飾的遊憩水準。

濃艷霞光裡，看著遠方如畫山海與腳邊凌亂垃圾，我彷彿看見這個島嶼的美麗與哀愁。

船帆石珊瑚礁海岸

鷹毒

〔十月十日〕

墾丁十月十日，最令人矚目的，自然是國慶鳥——灰面鵟鷹了。

灰面鵟鷹是一種與台灣賞鷹人緣份頗深的候鳥，牠們每年秋天過境這個島嶼向南遷徙，春天又過境台灣返回北方繁殖區，且在南來北往的過境期間，有著頗固定的棲所，秋天的墾丁與春天的八卦山，就是鷹群與賞鷹人相會之處。

每年秋天，我都會在居住的墾丁遇見同一群賞鷹人，他們是一群自稱中鷹毒的人。半島上最佳的賞鷹點就那幾處，在鷹群過境的高峰期，賞鷹人多半齊聚相同的亭台或山谷溪橋之上，大伙兒年年相見，即使不算熟絡，也絕不陌生。這些與候鳥同來的旅人，有些一待就是一串時日，有些雖因工作之故暫留一兩天即離去，但下個星期還會見他來；他們也不是看一會兒或看兩小時鷹飛就離開，而是從日出時分守候到日正當中，看完上午展翅南飛的鷹群，下午換個地方又去守候甫自北方飛抵而準備落棲的鷹群，隔日清晨，他們再登亭目送昨日的落鷹南去。這些人體內似乎潛藏著與候鳥一般的內在韻律，提醒著遷移的時程，當鷹群準時來到台灣的過境熱點時，他們也準時出現。而這些中了鷹毒的人，也與候鳥一樣，到了遷移季節若不行動，就會出現遷移前的不安——他們會牽掛著鷹況，詢問著鷹況，深怕鷹群大舉過境時自己不在現場，這種不安的症狀得待到達賞鷹地點才見改善。據我長年觀察，在鷹群齊飛的天空底，中這鷹毒的機會其實很高。

因爲地緣之便，每年墾丁鷹季我一定會到固定的那幾個熱點看鷹，而每回看鷹，我同時也欣賞著看鷹的人，在我眼裡，看鷹的人與飛鷹一樣精彩。有多年賞鷹經驗的鳥人們，之間或多或少認識，他們來自各個不同的工作領域而在賞鳥這項嗜好上

灰面鵟鷹（周大慶 攝影）

交會，聽他們交談很容易明白他們對鳥兒的癡迷；這其中有幾位女子，我每年都會在候鳥季與她們相見，但我至今尚不識得她們的面容，因爲她們總比我更早到達賞鷹地點，然後爲防紫外線的傷害而全副武裝，我每見到她們時，她們已經包裹了頭臉並戴上太陽眼鏡，也因爲如此愼重的裝扮，我很容易識別她們，且明白她們所中鷹毒有多深。新加入的賞鷹人也頗有趣，今早在凌霄庭，有一位女士隨友人前來賞鷹，當雲天之間一長隊鷹群由遠而近，並在離賞鷹亭不遠處集結盤旋，這位女士連續發出哦哦叫聲，引得亭上眾人不禁大笑——聽那叫聲彷彿她已進入極度興奮的狀態，然而她並未注意眾人因何而笑，只專心致志地盯著鷹群蹤影……，她從此恐怕也中了鷹毒吧。事情就是這樣，今年遇見千鷹齊飛陣容的人，明年多半還會再來。

看鷹需要等候，等候卻不一定能看見壯觀的鷹揚，與數大旅鷹群相遇需要緣份，但選擇適當的時間，以及較長時間的等待，可以增加相逢或重逢的機會，而一旦與那壯觀的隊伍重相逢，鷹毒就可能在你體內深種！不過，染上鷹毒好像也不是什麼壞事，因爲中毒的人必須勤走山野，看起來多半身體強健、神采奕奕。

每年十月十日前後，灰面鵟鷹過境期間，我常如今天這般，黎明即起衝去社頂看起鷹，黃昏又趕赴滿州看落鷹，莫非不知不覺地，我也已鷹毒纏身？

自然教育

〔十月十一日〕

早晨，我與兩位就讀國小的姪女走在社頂公園內，藉天地錦繡，爲孩子解說自然種種。公園內最吸引小朋友注意的，莫過於草地上兩兩成雙、或正將尾部插入土中產卵的台灣大蝗蟲。繁殖季節裡的台灣大蝗相當容易觀察，即使我將顯微鏡頭逼近拍攝，牠們也不以爲意，這種與昆蟲幾乎沒有距離的親近感，讓姪女喜上眉稍。

當我們來到一處草坡，兩位舉著捕蟲網的小朋友與我們迎面相逢，他們正奮力追捕倉皇四竄的台灣大蝗，其中一位小朋友在我們眼前捕住一對正在交尾的大蝗蟲。我正想上前勸阻，大姪女已向他們喊：不可以捉牠們。捉住蝗蟲的小朋友正錯愕，後面走來他的父母。那位父親叫孩子把蝗蟲抓過去，他手上的小塑膠袋裡，已有六、七隻台灣大蝗在狹小的空間裡相互踩踏。

捕捉昆蟲的行爲在國家公園內是不被允許的，我身爲國家公園的工作人員，遇上這種情況自然不能沈默，但在孩子面前指出父母的行爲失當，又似乎太教父母臉上無

台灣大蝗

光，於是藉觀看塑膠袋裡的蝗蟲與這家人聊了會兒，然後詢問那位父親是否知道國家公園內所有的生物都受到公園法的保護，不能隨意捕捉。他表示明白，手中蝗蟲只是捉來研究一下，離開公園時會放掉。

許多在公園內捕捉昆蟲、寄居蟹等生物的遊客，都與這位先生有相同的說法，甚至身邊的大姪女也曾想這麼做，當時我勸阻了她。她這會兒便對那位父親說：等你們放掉牠的時候，牠會不會已經受傷了？野生動物如果受傷就很難活下去了。小姪女也細聲細氣地說：牠可能會找不到自己的家。我忽然覺得好笑又心生警惕，那些話都是我以前跟她們說過的，原來大人的所做所為，孩子們都看在眼底、記在心上。

為了緩和尷尬的氣氛，我將昆蟲圖鑑翻到台灣大蝗讓他們對照，並且職業性反應地說：昆蟲有六隻腳……，「有的只有四隻腳。」其中一位小朋友說。（因為他看見塑膠袋裡的蝗蟲有的只有四隻腳！）「那是因為牠斷了兩隻腳，斷掉的腳還在袋子裡呢。」我說。

我請求他們把袋中的昆蟲放了，改以現場觀察，但那位父親堅持要為孩子進行自然教育，讓他們瞭解昆蟲的構造，待出公園才放。他並且把太太送來的新捕獲的蟲子再塞入塑膠袋內。他們急著向我們告別，但我仍跟在他們後面與他談生物的「緊迫現象」：野生動物被捕捉時，往往會因壓力而造成內在的傷害，就像人如果壓力太大也可能胃潰瘍一樣；這種緊迫現象有可能在事後造成野生動物死亡。

他們一勁兒往前走，我不死心地一路跟隨，告訴他們生物在繁殖季節很容易觀察，不需捕捉也能看得相當仔細……。後來，我甚至想以工作人員的身分教他釋放被囚禁的昆蟲，但這位父親不知是意志力堅定，還是在孩子面前下不了台階，就是不接受勸告。

我最終只能望著這家人的背影一聲嘆息——如果我們的孩子對昆蟲身上的構造及功能瞭若指掌，卻不知如何與大自然中的生靈和善相處，他們真能從大自然中得到深刻的收穫嗎？

「他們真沒有愛心。」小一年紀的小姪女說這話聽來像在安慰我。

「他們被我們這樣講，可能覺得馬上就把蝗蟲放掉很沒有面子吧！也許等一下就會把蟲放了。而且，他們也已經知道，在這裡捉昆蟲會被別人阻止。」話雖如此，我還是以電話聯絡了國家公園警察，請他們在社頂公園出口處做最後的把關。我想，經過我如此一番騷擾，那位父親看見警察，應該會知趣地立即將蝗蟲釋放吧。

凋落

〔十月十二日〕

上午，獨自來到高位珊瑚礁森林中，尋一處視野開闊的高點，坐看太平洋與海上的雲，而在藍天白雲底，一隻紅隼正定風振翅尋找獵物，大冠鷲則以慣有的王者姿態巡航。

秋風拂得人昏昏欲睡，頭頂雀榕飄落的包片卻不時將人敲醒。雀榕葉片的凋落與萌發有著內在的自律性，並不受時令支配，新葉初萌時有包片輕裹，展葉時脫落包片。雀榕包片白裡透紅且含淡香，紛紛飄落時容易令人聯想「落英繽紛」，但我

水面落花

受過科學訓練的思維，見此風光也會聯想到「凋落物」。

在科學文字中，凋落物被定義爲死亡的植物器官，包括葉片、枝條、花、果實及種子等組成，是森林能量流動及養分循環的重要路徑。這樣的凋落物，看起來似乎有些沈重，但若從「砌下落梅如雪亂，拂了一身還滿」、「自在飛花輕似夢」、「一川煙草，滿城風絮」的角度看，死亡的花、葉或種子便轉換成極具美感的動人畫面了。「角度」二字，讓天地間事，有著懸殊如正反兩面的可能。

獨對海闊天空，聞嗅淡香的雀榕包片，憶起過往幾幕傷心往事，比照當時的心痛與此時的淡然，忽覺活著眞是件神奇的事。在花落果成之後，我們見識到人生的寬度，品味到苦澀後的回甘，結論成一抹微笑。

鄭重地將手中落英捧還大地，讓它有緣化成春泥，完成生命的能量流動與養分循環。

葛藤

（十月十三日）

每年候鳥季節到滿州賞落鷹時，總會看到一串串紫紅色的藤花，漫無章法的四處披掛在各種木本植物頂上，遠看彷彿大大小小的樹都開著一樣的花。那是葛藤，一種被視為對林業有害的藤本植物。

葛藤是台灣低海拔山野常見的多年生大型蔓藤，屬豆科家族，三出複葉，小葉卵形略呈稜狀；花朵腋生，小花密集列成總狀花序，有淺淺的芳香；扁平莢果，密生褐色剛毛，頗為特別。

這美麗的藤花攀附於林木頂層生活，當然是一種陽性植物，它對光的調節有著相當高明的適應（綠色植物不能沒有光，但長時間的強光也會造成傷害或降低光合作用效率）。研究指出：葛藤葉片在陽光較弱的晨昏，葉面會與陽光呈垂直角度，以承接最大面積的陽光，而在陽光強烈的時刻，則轉動葉面與光照平行，以減少與強光相擁的面積；若將葉子水平固定使它不們自由運動，葉的溫度會比可以自由運動時高，溫差可達攝氏四度，可見葛藤葉片的調位運動具有降溫的效果。此外，葛藤的吸光係數也相當小，顯示葛藤葉片具有優越的透光性（當光照射到葉面，只有三種情況發生：穿透、反射或吸收，在強光下生存的植物往往以讓光穿透或反射的方式來避免困擾）。其實，以葛藤陽性葉的生理構造及生化運作，強光並不會對它造成直接的傷害，但強光會帶來高溫並造成過度耗水的情況，因而它以葉片運動來避免強光造成水分散失太多。

藤本植物在自然界中，是一種頗取巧的適應類型，它們無需耗費太多時間，便能攀爬至森林冠層截取足夠的陽光，比起喬木來，可眞省時又省功。身爲一種生命力堅韌、攀於他種植物身上生長的大型藤本，葛藤難免會對被攀附的植物造成威脅——它們密密地覆蓋樹冠層，致使被攀附的植物無法獲取足夠的陽光而餓死，於是，在生存競爭下，登上「有害藤本」之列。

然而，這不受林業界歡迎的植物，卻與人們的生活有著許多正面關聯：它粗大的根可以製造「葛粉」，也是感冒藥「葛根湯」的原料；莖皮的纖維可織成「葛布」；在排灣族的祭典中，刺球儀式裡那代替人頭的球便是以葛藤編成的葛藤球……，有害藤本原來也是道地的民俗植物。

對我而言，葛藤是一種迷人的植物，除了美麗的花串與特殊的剛毛莢果，它的葉子，還會智慧的運動呢！

葛藤

落鷹山林

〔十月十四日〕

秋風清爽，金色陽光斜照滿州山區，我獨坐在山中小路邊的空地，身旁圍繞叢叢搖擺金輝的秋草，頭頂上方，數十隻灰面鵟鷹盤旋成柱，偶爾會有那麼一隻特別好奇的，不疾不徐地向我靠近，與不動的我交換刹那的眼神……。

十月中旬是灰面鵟鷹過境恆春半島的高峰期，我已連續三天在午後來到這片落鷹山林，雖然是獨自前來賞鷹，但心情上並不孤單。灰面鵟鷹過境是台灣賞鳥界的盛事，這帶山林外緣這幾天不缺來自各地的賞鳥人，而在樹林深處的某些角落裡，肯定也有我熟識的人在看鷹或拍鷹，每年總如此，大家各自守在自認爲最佳的位置上。

我所在的位置絲毫不隱密，賞鳥人會經過我，巡邏的國家公園警察會經過我，準備在夜裡入山打鷹的獵人也會經過我，但此處風光絕妙，遠近青山在斜陽裡重重似畫，視野盡處還能見墾丁地標——大尖山的側影，且因面對山谷，鷹群棲落前常來到眼前盤旋，然後迎面飛落，低掠過我的頭頂停入後方樹林，有時，也有鷹就停在幾步之遙的竹枝上。

也許今天鷹的數量不算多，前兩天與我同在一處探看鷹群的二名青年並未出現——去年他們也與我同看了幾天鷹，彼此之間隔著一排疏竹，從他們的交談中，我知道他們不是獵人就是防範國家公園警察的獵人哨站，一些氣質與他倆相近的當地人行過此處，多會停下車來與他們交換信息。今天他們終於歇工了。

我正擁抱滿身的秋陽，陶醉在秋草與鷹翼撥動的金光裡，一對年長男女忽然停下車，交談著向我走來，從他們的對話，我知道他們是來看鷹的。

「妳這位置不錯哦！」那位阿伯親切地向我招呼，我含笑相迎。他們是附近居民。三人並坐看著鷹的各種姿態，聊著關於鷹的事。他們告訴我，前兩天鷹的數量多時，一組獵人（二個人）一晚就能打下百餘隻的鷹（這數目可能有些誇張，但即使打個對折，也還頗嚇人）！這些獵人下山時將獵得的鷹與獵具藏在山上，如此即使路上遇見警察也不致被逮個正著，待隔天早晨再將獵物運下山……。然後他們提問：每年這裡都有人打鳥，鷹仔怎麼每年都還來？

怎麼每年都還來？候鳥的遷徙是宿命，號角寫在遺傳基因上，時間一到，牠們就得飛；而鷹是白天旅飛的候鳥，當牠們來到台灣島的最南端，再去便是浩瀚大洋，無論是體力或里程，暫棲都是必須的，隔日黎明再出發，才能越過汪洋飛向更南方的島嶼。但為何獨鍾這片山林？或許緣於此處是中央山脈末端較避風的林地，且這種山與平野交會的環境，正與灰面鵟鷹在北方的繁殖區相似。不過，當山林被破壞或獵捕壓力過大時，鷹群停棲的場所還是會挪移的，今年灰面鵟鷹清晨出海的數量，就遠大於黃昏在這片山林棲落的數量。

他們回憶兒時，認為以往這片山林落鷹的數量的確較現今為多。

夕陽下山後，鷹群多已棲入林中，我們正待離去，山間突然鞭炮聲爆響，霎時鷹影四起，紅霞與群鷹齊飛，景致絕美，但我心中卻一陣緊。那是誰在趕鷹呢？阿伯說：「今晚又有人要打鷹仔了。」

蟲音將天光催暗，人去山未靜。國家公園成立至今已二十年，野生動物保育法實施十餘年，滿州的落鷹山林仍是獵人與公園警察攻防的戰場，而在這場爭戰中，必須以生命為賭注的，是灰面鵟鷹。

生態之旅

〔十月十五日〕

午後，我們來到學校後山的草地上，水生昆蟲老師指著草地上一灘積水，說要在這裡觀察水生生態。

我望著那灘長約四公尺的帶狀小濕地，心中愕然——原以為他要帶我們去一個湖泊或一座池塘。但當我靠近那片藏在青草間的積水，看見的卻是令我驚訝不已的場面。

這毫不起眼的小水域，原來是一個生意盎然的生態系。水間長著高於水面的水草，水草上點綴著色彩鮮艷的昆蟲，水邊跳躍著青蛙，水中游著蝌蚪和龍蝨，用水瓢將底泥和水撈起，瓢中濾出了蜉蝣和水蠆，用放大鏡看，還有許多微小的水生生物。這些生物中，生產者、消費者、分解者角色齊全，透過捕食，牠們聯成一張食物網，小小濕地可以獨立運作能量流動與養分循環的生態功能。

生態這個字辭近來很流行，生態旅遊更成為政府大力倡導的活動，但何謂生態？讀過生態學的人都知道，生態是指生物與生物及生物與環境間的互動關係，重點在於互動關係。依此而論，到過一座生態保護區卻不識當地自然生命與環境間的互動，就不算體驗了一趟生態之旅；而在一灘積水中看見物種的生存互動，卻已得生態旅遊精髓。

自然生命存在於各種可能的環境中，轉換個心態，無需走遠，也許你也會如我一般，在一個尋常午後的日常空間裡，成就一趟精彩的生態之旅。

月橘往事

〔十月十七日〕

在人生旅途中有一些人和一些事，是遇見後就註定不能忘的；而不能忘的往事，似乎都有著某種特定的記憶開關。

旅行歸來，一下車便被熟悉的花香包圍，是院子裡的月橘開花了。我聞嗅著四處浮動的花香，不禁又憶起那位在記憶中始終年輕的女老師。很遠的往事了，記憶卻依然清晰，清晰得有如此刻滿園的月橘花香。

那年，我十六歲，在護理學校就讀。初次到醫院見習，指導我的是教授內外科護理的林宜貞老師。當時病房裡有位可憐而古怪的鼻咽癌末期病患，他全身幾乎癱瘓，皮膚因長期臥床壓迫而生瘡感染，發出惡臭，由於常口出惡言令醫護人員難堪，大家對他頗爲厭懼，病房護士多不願走近他。

這病人從未見家屬或朋友來探視，只由一位僱來的歐巴桑若有似無地照顧。一天，我因例行性的體溫、脈搏、血壓等測量工作來到這病人房中，發現林老師正站在病床前低聲對著病人說話，病人則緊閉雙目，側過頭相應不理。我憋著氣快速完成工作，離開時林老師仍站在那兒。

幾天過後，路過那病人門口，又見林老師站在病床前。好奇地駐足觀望，竟聽見病人心平氣和在與老師對話！他向來開口便吼叫，最佳表現是對人不理不睬，眼前這種斯文態度眞令人懷疑是否爲迴光返照？後來老師教我召集同學，準備爲病人做床上沐浴，我在原地呆了片刻。

對於被一群女學生包圍，病人沒有反對，頗教我們驚訝。老師掀開蓋被，一邊與病人說著話，一邊親手料理蓋被下的慘況，那位照顧病人的歐巴桑口裡嚷著不好意思，於是也過來幫忙。當沐浴即將完成時，林老師示意我去準備換藥車，我走過護理站時，一位護士叫住我詢問病人目前狀況，她後來異於尋常地幫我備妥換藥器材。

病人終於安穩躺在乾淨的床上，皮膚瘡口也都敷了藥。我們離開時，他說了幾聲謝謝。下午去量體溫，他也客氣地道謝，我彷彿親臨一場奇蹟。他從此不再那麼臭，也不再那麼令人厭懼，歐巴桑對他的照顧殷勤了些，護士與他也有了較頻繁和平的互動。

入夏之後，病房四周月橘盛開，雨過花香四溢。我早晨走入病房中，第一件大事就

月橘

是為他開窗，讓花香流入房內。有天早晨，當我打開窗，他問是否有時間和他談談話，我於是在完成例行工作之後，又來到他床側。他笑說很感謝我常來為他開窗，雖然他實際上已失去嗅覺，但每見我開窗時的表情，就能感受到滿室芬芳。原來他聞不到花香，而我竟煞有其事地惦記著他的窗！可能我的表情顯得喪氣，他立即表示完全能領受我的心意，就因為雖然聞嗅不到，卻能由他人神態間感受到的這種新鮮體驗，讓他決定告訴我實情。我相信他原先是想成全我的好心，因為這扇窗我已開開關關近一個月。

他又說他終於感到人生值得留戀，如果六年前就認識林老師，生命大概不會淪落到這般田地。六年前就知得病，可惜當時對得病的不甘及各方面的不如意，使他自暴自棄糟蹋了身體，家人和女友也都被氣走；自我封閉多年，直到遇見林老師，才再度感受到人世溫情。他說現在已不再怨恨生命，對上蒼能在他生命結束之前安排林老師出現，心中深深感謝。他說話的聲音愈來愈虛弱，我囑咐他歇息，他卻還說：我眞的很感謝林老師，她讓我臨死前得到了安寧。我在他床前站了許久，一直嚐試睜亮因淚水而模糊的雙眼……。

一星期後的早晨，去爲他開窗時病床已空；我推開窗，隱約明瞭他已離世。不知何時林老師來到身側，拍了拍我的肩，緩緩關上那扇窗。

隨著歲月的推移，我早已遺忘病人的名和姓，也與林老師失去聯繫，但這段往事卻與月橘花香交織，在記憶底始終清晰。或許，林老師並不知道她有一位學生，對這件往事如此牢記；也或許，林老師當年並不存心教導我做人與做事，而流水浮萍，在生命與生命交會的過程中，因緣成就。

月橘花香令我想念林老師，而每當我想起林老師，心底便有花香湧溢。

空地

〔十月十八日〕

早晨上班時，走過辦公室前那片新理出的空地，滿地小黃菊教人驚艷停步。

這片空地原先是草海桐的領地，枝葉繁盛拔生如喬木的草海桐不止佔據生長空間，也遮去陽光，使得嗜好陽光的野花不得不退出這塊土地。年復一年，草海桐不顧庭園秩序放肆地擴張，我們在它油亮滴翠的光輝裡，遺忘了這片庭園空地在人們種植草海桐之前的原貌。

直到有一天，長官突然發現草海桐的野氣亂了庭園章法，於是一天的功夫，草海桐被截枝斷葉成光禿矮籬，並被大舉挖根縮窄地盤，庭園豁然開朗，陽光暢快奔躍每一處角落。

這最平常的陽光，改變了空地生態。土壤中富饒的種子庫開始一場不顧後果的競爭。然而，這場生死一搏的生命之爭，是如此地無聲沈靜，以致每日路過戰場的我們一無所動，直到一地黃花盛綻，同事們才熱烈詢問：院子裡開滿的黃菊叫什麼名字？

其實院子裡並不止盛開了一種黃菊，而是光只黃色的菊科植物便有三種。那時，因為心忙，我還來不及認眞爲同事們細察空地上的種種花草，那滿園璀璨已教除草工人全數腰斬了！許多同事爲之扼腕，而我雖覺可惜與無奈（人們總漠視野花的燦爛），卻也對熟悉的野地生命深具信心：土壤中盡是各種植物的種子，除非環境改變，否則任何困阻都擋不住它們生長、繁殖的決心與行動。

果然一個月後，院中空地又是滿目欣榮。

今日陽光淡薄，午後我抱著野花圖鑑入空地，準備地氈式記錄每一種花草的名字與生長狀況。然而才記下二行字，一群我看著長大的小朋友便如燕子般飛來（可能我前腳剛踏出辦公室，辦公室的媽媽們便招喚這些孩子跟我來了）。

這是什麼？

黃鵪菜。

這是什麼？

葉下珠。

這個呢？

三角葉西蕃蓮。

這個這個？

大飛揚草。

……

七八個小朋友，激烈搶問，我是否該繼續炫耀我的植物辨識能力？

「不要問名字了，等下你就忘了，去看那些白毛毛的菊花種子，吹一口氣就可以幫它們傳播了。」我終於說。

「蒲公英。」小女孩指著白毛球興奮地叫。

「那是苦苣菜，跟蒲公英一樣是一種菊花；不是只有蒲公英結像白毛球一樣、吹了會飛的種子，大部份的菊花種子都長成這樣，只是大小不同。」

孩子們開始比賽肺活量，空地上一陣飛絮流轉，小女孩說：「好像雪。」可不是？一場南方細雪。

「去撿一些帶毛的種子來，我們來看一下它是怎麼飛的。」我說。孩子們拾了飛絮都湊過來，在白色的降落傘般的冠毛之下，繫著那負有擴張族群使命的深褐色花種，堅硬如它的求生毅力。只要一放手，輕暖的空氣就帶它旅行去了……。孩子們又追舞起來。

草海桐

一位女同事含笑走來，她是其中一個孩子的母親。看著一地花草，她問：「它們一年四季都開花嗎？不是剛被割了嗎？怎麼一下子就開花結果了？」

「這幾種菊科植物的花期大多在秋天，不過，野花的生命力很驚人，尤其在遇到環境壓力時，會在很短的時間內就重新生長，開花結果，把握繁殖時機。」這是我多年觀察的心得。

「眞的長得好快。」她說。與我在空地上尋找生命，她忽然激動地喊我：「妳看，這些是草海桐的小苗嗎？」

厚厚的草海桐種子堆積在地面，鮮翠的小苗競生如銀河星辰。「它們擠成這樣，活不了多久吧？」她問。

「對呀。沒辦法，生的欲望太強烈了，強到不顧後果。如果我們不加干預，小苗最後應該會產生自疏現象，無法存活的就化作大地的養分了。」

「這裡有小瓢蟲！」小男孩興奮地喊。

「好漂亮，是『蟲蟲危機』裡的瓢蟲。」小女孩說。

仔細看，這片自然花園裡忙碌生活的昆蟲至少有五種，有幾場婚禮正在進行，也有不同顏色的卵已產在花莖或花苞上……，有花朵的地方，是從不缺昆蟲的。

白雪紛落，孩子們燕子般飛走了，那位母親也跟著孩子們走了。我將空地花草一一收錄在筆記本上，算算有二十三種植物，它們共同的特徵是：種子需要充足的日照才能發芽，在陽光被擋在草海桐葉叢外的年月裡，這些生命都在土壤中耐心地等待萌發時機。

如今陽光來了，土壤中的生命爭先恐後自休眠已久的種子裡蛻蹦而出，直衝人心……。哎！何必插栽嬌貴的奼紫嫣紅呢？如果我們懂得欣賞生命，那麼只要給空地一點自由，就有機會閱讀土地的奇蹟。

古湖夜色

（十月十九日）

他穿著沼澤衣，推著小艇，獨自走入暗夜的古湖。

古湖位於南仁山生態保護區內，是鬱鬱森林中的一彎天然池沼，國內有許多自然生態學術研究在這裡進行，即使如這般微雨的深夜，湖區仍有研究人員活動。

我靜坐水畔，注視著走入水中的昆蟲老師，他在離岸不久即爬上小艇，點亮頭燈，沿湖岸尋找在夜間離水羽化的蜻蜓。頭燈的光，照明水岸草叢，也繪出水底一脈光明。披著光暈的小艇緩緩移動，燈光

南仁山古湖水域

緊盯每一寸水線，而在小艇之上，明滅螢光游移去來。

天上沒有一顆星子，湖上只有他，湖畔只有我，森林裡有幾位尋找青蛙的同學。小艇漸行漸遠，燈影離開了我的視線，我索性熄了手中的燈，體驗被森林與黑暗層層包裹的古湖。水面之上螢火蟲盡興地舞，草澤深處小雨蛙殷殷地唱，四方羅佈著紡織娘織出的音網，身後有一隻貓頭鷹，不時咕咕散佈暗夜深林的駭人故事……。我聆聽著，聆聽著，心底不禁泛起陣陣虛冷。熟悉山林如我，面對沒有視覺的幽暗仍不免心生不安，那獨自泛舟從事生態調查的學者呢？也許因爲專注，恐懼沒有入侵的空間吧。

水生昆蟲的世界，於我還屬陌生，白天的時候，這位老師從湖底撈起一隻細勾春蜓的若蟲，以充滿柔情的聲音讚嘆那蟲子漂亮，我左看右看誠心地看，卻仍只能尷尬地笑，只差沒說牠好醜。他說不能欣賞是因爲我不懂。那麼，他讚美的是生命型態吧？水生昆蟲從陸地演化入水底，需有超凡的適應能力，他手中的蟲子埋藏在水底泥層中生活，避開了天敵及物種間的競爭，爲存活開闢了另一種可能。他此刻在水上尋找的，正是水底爛泥中的蟲子羽化後的翩然成蟲。

載著溫暖光暈的小艇回到我的視線，那隻貓頭鷹所訴說的深沈故事，終於轉換成輕鬆情節。一隻螢火蟲來到身前，攬在手心細看，是隻小小的黑端螢，這樣一隻小小飛蟲，竟能綻放如此動人的螢光！而那遠方水面上搖擺的燈火，竟能使人心志變得堅強。

老師回到深秋的湖岸，帶回二隻初羽化的蜻蜓及數個羽化後的蛻殼，爲這種蜻蜓的羽化時間寫下新的季節記錄。但他說他完全沒有留意到湖上的流螢，當然，他更沒有看見自己所營造出的古湖夜色，不過他完成了預定的研究工作，而且得到了新的資料。我們彼此都滿意自己的收穫。

熊蟬羽化

小葉桑

（十月二十日）

近來辦公室庭院裡鳥影不斷，早晨黃昏總有暢意的鳥鳴。

今天一早又見一身烏亮、嘴與腳都紅艷的紅嘴黑鵯掠過窗前，跟隨牠的行蹤，發現院子一角的小葉桑，纍纍果實多半已經成熟。難怪鳥兒都來了，這小葉桑酸甜多汁的果實，可是令人也垂涎的自然美味呢！我忍不住也吃了起來。小小桑果總塡不滿嘴，一顆接一顆摘入口裡，不一會兒已是滿手紅汁……。

桑科家族的小葉桑，就是一般所稱的桑樹或桑葉，爲落葉性的大灌木或小喬木，冬天葉落盡，春天再萌芽吐蕾；雌雄異株，雄株開淺綠帶白色的葇荑花序，有點兒像毛蟲（比較可愛的那種），雌株聚生小白花，果實（桑椹）爲多花聚合果，初結時綠色，後轉紅，成熟時紫黑色。

提起小葉桑，大家應該都不陌生，它點綴著許多人的童年——我們那個年代，哪家小孩沒養過幾條白胖蠶仔呢？桑葉是蠶寶寶的祖傳食物，小時候爲了養蠶，我曾經與同伴「上窮碧落下黃泉」找尋它。而野地的小葉桑，經常是光禿著的，因爲養蠶的孩子實在太多，綠葉總來不及繁茂便被小朋友們採光了。

院子裡這棵小葉桑的長成，是頗富傳奇的。它雖生長在人工的院落，卻不是人爲栽植的樹，人們原先在這裡栽的，是目前與它糾纏在一起生長的蘭嶼樹杞。後來，這棵小葉桑便在蘭嶼樹杞的掩護下悄悄長了起來。因爲與蘭嶼樹杞比鄰而生，除草機不易掃及，於是一而再地逃過被除草人斬殺的命運，直到有一天，它結出了滿枝的甜果……。它不只在夾縫中達成了傳衍後代的使命，也贏得了人們的喜愛，獲得生存的保障。

小葉桑的果實，孩子與大人喜歡，鳥兒更喜歡。鳥兒喜食，桑椹果兒就如長了翅膀，種子傳播的空間是相當大的。院子裡這棵天外飛來的小葉桑，應該也是靠著鳥兒播下種子來的（一個春天或秋天，一隻飽食桑果的鳥兒來到那棵如今已被小葉桑擠彎了腰的蘭嶼樹杞枝上小歇，腸胃一陣蠕動，便留下了一粒不平凡的種子）。現在，鳥兒又來擔任它的傳播大使了。

當小葉桑果熟的消息傳出後，許多同事及小朋友都來與鳥兒搶食，甚至有同事囑我好生看守，別教鳥兒把果實吃光了！可惜鳥兒們可不知分寸，三兩天功夫就把枝上熟果兒吃個精光，一顆紫果不剩後，連未熟的紅果兒都急急啄呑，哪搶得過牠們哪？所幸，院中的小葉桑一年總能結二次果（春秋各一回），我們還能再期待。

我非常喜歡小葉桑，因爲它初春時一樹的新翠光采，因爲它可愛的雄花花序，更爲那以造福大地、皆大歡喜的方式所進行的繁殖策略。

小葉桑

藍色海洋月

〔十月二十一日〕

這個月，我和玉瑩的工作重點是舉辦「藍色海洋月」活動，活動內容就是到海邊勸導遊客不要帶走貝殼，並請他們一起淨灘撿垃圾。

一早來到海邊，海灘上已經有許多人活動。走入人群，請抓寄居蟹的人放走被囚禁的寄居蟹，請提著珊瑚碎片與貝殼的人將屬於海岸的留給海岸……。在玉瑩索回的一袋貝殼砂中，藏有一顆美麗的紅石子，她將石子放回海邊，經潮水輕拍後，紅石閃閃發亮。不久這顆紅石子又被後來的遊客拾起。

我們就站在海灘的出入口，當遊客帶著紅石子

寄居蟹

準備離去，玉瑩告訴他是因爲前面的人沒有帶走，他才有機會看到這顆美麗的石頭……。海灘上人來人往，紅石子不斷地被拾起，大部分的人都會想將它帶走，但也有一兩位將它捧起之後又放回原位。顯然這顆紅石子爲不少人添了幾許海灘情趣。但不知明日我們不來時，它是否還能一直在那裡？

請人們把自然物留下或將貝殼撒回大海不難，但要求人們在大太陽下撿拾垃圾並不容易，許多人拒絕了我們。不過有位帶著小朋友來到海邊的媽媽，在我邀她一起撿垃圾時馬上答應了！於是海灘上出現母親帶著稚子一同撿垃圾的畫面。接下來，就有不少人主動來幫忙撿垃圾了。當那位母親帶著一大袋垃圾回來，她的同伴笑她怎如此認眞？她說：撿給我兒子學。接過她手中的垃圾袋，我和玉瑩同聲向她道謝，不只爲她淨灘的行動，也爲她所給予我們的希望和鼓勵。

嶺南白蓮茶

〔十月二十二日〕

上個星期，拍鳥的朋友們請我去看一棵樹，因爲樹上的果實吸引了包括烏頭翁、紅嘴黑鵯、樹鵲、黃鸝在內的許多鳥兒，他們攝下了眾鳥在樹上取食與留連的畫面，只不知這棵樹是何芳名。

那是一棵看來頗熟悉的喬木，葉片長橢圓形兩端尖、邊緣有微微的缺刻，已經成熟的小果兒紅紅黃黃排成圓錐狀，一串串垂掛枝頭，樹上果然飛羽去來、鳥聲不絕。我沒留意過這果實，但從樹型、葉片和圓錐狀的花序看來，應是厚殼樹科的植物——嶺南白蓮茶。爲求確定，我帶回幾片葉子與小串果實。

辦公室裡專長植物的同事查對了《台灣樹木誌》之後，說那不是嶺南白蓮茶，因爲嶺南白蓮茶葉上有細毛，而這植物沒有。那到底是什麼呢？同事們不確定。鳥友都在等著它的名字，我不能就此作罷，於是把它帶到學校，求證於專長植物分類的教授，他一看便說：嶺南白蓮茶。那令人困惑的葉上細毛問題，是緣於幼木與大樹之間的差別（小樹葉片才見明顯細毛保護），經驗果然無可取代，我們即使查書查到了它，也判別不出答案。

嶺南白蓮茶散佈台灣全島山麓及海岸，我們一般注意到它都在夏天，那時候，嶺南白蓮茶花繁似雪，遊客常常問及它，同事們也少有人不認識它，也許花過於醒目吧，一直以來我們總是認花不認樹，到了秋天繁花謝落，大家便將它置於目光之外了。然而，在同一場景中，不同類群的人看到的是不同的事物，拍鳥人注意到的不是花，而是纍纍果實……。

今天我又來到那棵樹下。拾了顆漿質小果兒對半剝開，裡面整齊排列著四顆小小種子，種子成雙相依，兩對之間有房室隔開，鳥兒們為食果肉，連帶種子也一併吞下，嶺南白蓮茶便藉由這些鶯鶯燕燕把族脈傳衍；我手捧小小種子，又一次為生命而感動——這麼小的種子，經過鳥類的消化道傳播，然後以陽光雨露為能量，就可以長成眼前的喬木，貢獻無數果實給大自然的生靈……。

現在鳥友們都知道那棵樹是嶺南白蓮茶了，不知他們在明年夏天會不會注意一下它的花。

伯勞之歌

〔十月二十三日〕

每年伯勞來時，半島上便瀰漫著一種對決的氣氛，那是因伯勞生死而起的人的對決。

九月初，走在辦公室的走廊上，忽聞伯勞淒厲的鳴聲，這聲音發自室內一角，我於是好奇循聲探看——原來有十餘隻伯勞被囚於地上老鼠籠內，擁成一團。詢問值班同事，果然那是遭人獵捕的候鳥，獵捕者又因違反野生動物保育法而被警察逮捕，這些伯勞因而成爲人們觸法的證物。那爲何這些在生死一線間被搭救的可憐鳥兒此刻還待在老鼠籠裡呢？因爲要等「專家」鑑定。看著籠中伯勞，我問同事我算不算「專家」？他笑了笑。

在這個半島上，誰不認識伯勞鳥呢？野生動物保育法訂定的最主要目的不就是保護生命？還有什麼比讓這些被捕捉而仍有飛行能力的候鳥儘速重返自然更重要？

所幸那是今年唯一的一件烏龍鳥事，自此之後人們達成共識並行文公告：被捕捉的候鳥只需我們這些國家公園的保育人員或學術專業人士至警局鑑定，即可當場野放，讓鳥兒儘早重獲自由，減少可能奪命的緊迫現象。

野生動物保育法實施至今，已經十餘年，但在候鳥遷移的季節，恆春地區捕捉伯勞的現象卻仍然存在，今年在恆春半島生態旅遊發展會議上，地方人士甚至提議每年候鳥季開放一星期狩獵伯勞，做為生態旅遊讓全民參與，以維繫半島的獵鳥文化。他所持的理由是：反正伯勞鳥也會在遷徙過程中因為生病等因素死亡。聽見這位仁兄的驚人之語，旁座有人低聲說：他怎不提議讓半島上的原住民維繫獵人頭文化，反正人也會因各種原因而死亡。

這個提議在「有損國際形象」的前提下，很快便被排除了。

但從這個提議中，我們不難明瞭兩件事：當地民眾對候鳥生態並不普遍瞭解；而即使在物質富裕的今日，我們離民胞物與的胸襟也還頗遠。候鳥的南遷北返，年年如時去來，自古便是生態圈一個令人驚奇的現象。科學研究指出，一些長程旅飛的候鳥因為天氣與體力的挑戰、度冬地的縮減及人為獵捕等現象，每年返回繁殖區的數量不及起程南遷時的一半。人為獵捕當然會增加這些辛勞生命的減損。若無人為的干涉，生命的流失是緣於適者生存、物競天擇的篩濾（現今仍然存留的物種自有其適應之道）

伯勞

，但若添加了人爲因素，適應就有了劇烈的變數。當年遷徙時曾多如烏雲壓境的南美旅鴿，就是因人而滅絕的典型案例。而以目前的狀況看，半島上的人在捕殺候鳥時（即使因此而觸法），泰半並無罪惡感，人們很難接受殘害鳥兒的生命是不道德的違法行爲，連我的國家公園警察好友都感到起訴一個人原因是「殺死一隻鳥」令人過意不去……，所以若談生命平等、視萬物如同胞手足的胸襟情懷，就顯得陳義過高了。

提到「國際形象」，事情似乎就簡單多了。保護候鳥自然不只爲國際形象，尊重生命與保留物種才是護鳥的眞意，然而，對行爲規範而言，可能牽涉到國際關係，甚至經濟制裁的國際形象，無疑比對生命本身的關懷和物種存續問題有效力得多。想來有點遺憾，但事情就是這樣，所以，在會議上反對獵鳥嘉年華的提議，沒人論及國際形象以外的事。

伯勞的秋日過境，至此已近尾聲，留下來的，是在此度冬的族群。今年在伯勞鳥大批過境恆春期間，還是有人一口氣在山野遍插上千支專門爲捕捉伯勞而設計的鳥仔踏；而我在聆聽伯勞鳴聲四野響起的同時，也陸續在辦公室看見一兩隻伯勞的死屍……。

伯勞並無與人對決的籌碼，生死，都交給天。如今仍然存在於山野的鳥仔踏，標示的是國民思考模式的位階，也是盜獵者與法警、保育人員耐力與決心的對抗。

月光彩虹

〔十月二十四日〕

電話鈴響起時已經近午夜，拿起話筒聽見他的聲音覺得有些訝異。這位行蹤飄泊於山水之間的朋友很少打電話給我，在這樣的時刻來電話，想必有特別的事。果然，他說他此刻在社頂附近的山坡上，眼前正出現一道月光彩虹，月光在西方海面，彩虹在東方草原。

月光彩虹？從未想過這種情境，但從遍識山水丰采的他略帶高昂的語調，可知必是絕妙好景。社頂離我住處不遠，但我沒有即刻奔去的衝動，因爲明白如彩虹這般的短暫景象可遇不可求，於是便拿著話筒，藉他的描述，聆賞一場夜間的彩虹風光。

放下電話，我到陽台看天，皎潔的月斜掛在恆春西台地上方，東天重雲低垂。在月光與垂雲的邊界，就是朋友今晚夜棲的山野吧。對於他所選擇的生活方式，我欣賞卻無緣履行——我常在深夜眷戀屋內暖意的燈火及手心裡溫熱的水杯，我還駭怕獨自面對漆黑——他能比我多看自然大美，是必然之事，因爲就連在黑夜，他也常睡在大自然中，何處風光好，停下車來便是今夜寄身之所。

生活方式是一種選擇和習慣，選擇與眾不同的人生道路，需有與眾不同的勇氣和承擔。他是孤獨的。而今夜，陪伴著孤獨的他的，是人寰中的我只能聆聽與想像的月光彩虹。

種一棵誘鳥樹

〔十月二十五日〕

午後，辦公室前面那棵結果的小葉桑上，五色鳥、紅嘴黑鵯和黑頭翁鬧成一片。美食當前吧，即使我和同事靠近，鳥群也不以爲意，你爭我奪，好不熱鬧。

往年這棵小葉桑是烏頭翁的屬地，今年來了食果勁敵，樹上紛爭不斷。同事們一致認爲是因附近林子遭砍伐，鳥群食物減少，這一樹桑果才成爲眾鳥搶食的對象。牠們顯然已顧不得果子是否甜熟，只要桑果略轉紅軟，就搶著吞了。這階段的果實還相當酸澀，眞令人懷疑那些鳥兒對酸是否沒有味覺？

鳥鳴不時傳入辦公室，同事們相互告訴桑樹上的戰況，我則感於一棵小葉桑的存在即能讓人窺見鳥國風雲。

其實不單小葉桑如此，在大自然中，某些植物開花（像刺桐、大葉山欖、木棉）或某些植物結果（像嶺南白蓮茶、苦楝、楊梅及雀榕、白肉榕等桑科植物）總會引來大量鳥群，這些植物開花結果期不同，鳥群可以在不同季節利用這些食物。如果我們的庭園和行道能多植類似的誘鳥植物，並搭配不同的開花或結果期，那麼鳥兒的食物將更豐富，人們賞鳥想必也更容易。

辦公室前的小葉桑果實不久即會被搶食而盡，但辦公室另端的刺桐不久就會開花，鳥兒與賞鳥、拍鳥人仍有明確的相會之處。

小葉桑

社頂日出

（十月二十六日）

有客自遠方來，我和本地友人安排了社頂自然公園的日出待客。出門時夜未褪色，來到公園草原上還能爲來客引介星座——御夫、金牛、獵戶、天狼、小犬及雙子座上的亮星聯成一個橢圓，老人星低空閃爍，土星和木星靜靜地凝視大地。隨著東方天光漸起，星子們依著星等漸次熄滅，黎明時分還能看見天狼星與木星的微弱光點。

海天之際有雲，日出遲了些，四人就著曙光探看彼此風霜後的容顏，笑說現在和從前。突然，我的視線穿越朋友髮際，看見猴群來到了他身後的珊瑚礁岩上，牠們前前後後、大大小小，來了近二十隻。因爲不曾在這片近距離的礁岩上看見台灣獼猴（猴群一般都在較遠的礁岩上活動），我和本地友人顯得比客人更雀躍。

猴群也與我們同候日出。這天的太陽先自雲後揮出幾道金光，才從雲朵間探頭，陽光染亮猴兒們的毛色，然後照耀客人的笑容。天地淨朗，秋風微微，客人運氣不錯，落山風沒發威，他們神清氣爽地讚美著恆春秋天的好天氣，我則遙指山頂群樹，解說因半年強風吹襲而形成的風剪線條，強調今晨天時之好。也許落山風下午就吹起來了呢。

日出的光芒照在臉上，給人心境一種充滿希望的感覺，彷彿陽光的能量可以直接灌注體內。咦！我有多久沒看日出了呢？嗯，好像已經久得沒法想起來到底有多久了。每回看見日出都說以後要常看，可是……，總是貪戀清早的窩床。

下回再看日出，會是什麼時候呢？我回望崖上的猴群，不敢與牠們說定下次的日出之約。

獼猴奇遇記

（十月二十七日）

昨天與朋友在社頂草原遇見同看日出的台灣獼猴，隔著一段距離，人與猴兒都顯得自在安適，這不禁令我想起夏天在婆羅洲的峇哥國家公園驚遇長尾獼猴的情景。

那天，當我和旅伴在雨林邊緣看見第一隻長尾獼猴時，大家都興奮地躡腳跟隨，相機、攝影機趕忙啓動；二個小時後，我們住進國家公園內的木屋，猴群屋外行過，也令同室的女子們讚嘆不已；後來，我們在陽台閒坐，情況就不相同了，起先是一隻小猴靠了過來，接著又來一隻母

社頂草原邊的高位珊瑚礁

猴，牠們的眼神令人感到不安，我們識趣地收起桌上未打開的飲料，與牠們保持一定的距離。最後，猴子將人逼進了屋裡。但長尾獼猴並未就此罷休，隨著同伴一聲驚呼，我轉身看見身後一隻獼猴懸在窗邊，張開一排大黃牙在紗窗上咬破一個洞，再藉破洞使力將紗窗推開，想進屋裡來。而從屋頂腳步移動的聲響，可知我們是受到一群獼猴包圍了。情急之下，幾名女子將海報捲成筒狀驚慌揮舞，奮力對抗猴群……，最後我們固守了臥室，但沒有放置食物的廚房卻響起翻箱倒櫃鍋盤落地的聲音。

當時我們是多麼深刻地體驗到：人與野生動物還是保持一定的距離比較好。就如昨日在社頂，隔著一段距離，猴與人都自在愜意。而這樣的距離，還有賴人們不餵食野生動物來維持。

嗨！解說員

〔十月二十八日〕

日正當中，我在海邊喊著一位年輕解說員的名字，他卻凝神注視著在潮間帶活動的遊客，對我的呼喚毫無反應，我於是改口叫了聲：「嗨，解說員！」他果然即刻回頭了。而我也因此有些感動。

這天我們在海邊繼續舉辦「藍色海洋月」活動，爲遊客解說潮間帶生態，並請大家不要帶走貝殼、寄居蟹及其他所有自然物，也淨灘撿垃圾。因爲拾了一整袋的垃圾外加一綑破漁網，一個人拖不動，所以請年輕解說員來幫忙。

一起提著垃圾，他對我說：「我剛才在解說潮間帶生物時，妳知道全場最感動的人是誰嗎？」

「你。」我說。

「妳怎麼知道？」

「因爲我也有過這樣的感覺。」其實也有其他同事向我提起這種經驗，我們不是被

萬里桐潮間帶

自己所說的言語感動，而是被所述及的生命現象本身感動。

他看著身爲前輩的我，嘴角掛著笑，眼底閃爍著光亮。我則從他身上看見某種熟悉的神態，我也曾有過他此刻的表情吧。

天一樣藍，海一樣青，這些年我在山水間一路行來，受工作環境培養、被大自然教育，成爲一名「資深」的國家公園解說員，資深到朋友們和自己都懷疑怎能在一個地方待這麼久而從不厭倦！

我的解說員同事們大多頗資深，也大多喜愛自己的工作，不過，最近大家對這份喜愛的工作卻都不抱持樂觀的想望……。

不久之前，政府在精簡人事的考量之下，欲裁撤公家機關的約聘僱人員，改以勞務外包的方式因應，國家公園的解說員也包含此中。公文傳達之後，辦公室的同事們義憤填膺地談論著國家公園解說教育工作以勞務方式處理的荒謬。我們心裡都明白，一名國家公園解說員的養成，需要相當大的投資，一般勞務公司怎能負擔？但既是國家政策，大家在儘可能爭取工作權之餘，也只好開始做其他打算。不過，後來事情有了轉圜，據說上面終於明白了國家公園解說員的重要性，決定予以保留；可是最近，又聽說因為政府財政持續困難，繼公園各處停車場及沙灘改以BOT形式經營後，明年也可能將國家公園的遊客中心BOT，其中包含解說教育的部分（這意謂著解說將成為一種索價商品）。傳說紛紜，同事們除了一笑以對，已不再做其他談論。其實，不管最後的結局為何，大家心情都已異於以往，一位同事便說：搞半天，真的看重解說工作的，原來只有我們自己。

我一向以為，能擁有一份適合自己性情與才能且足夠溫飽的工作，就是一種莫大的幸福，而擔任國家公園的解說員，即是我此生最大的福氣與榮耀。然而，近來面對辦公室裡龐大的低氣壓，我也再說不出什麼樂觀的話。但此刻，在艷陽下、海風裡，那年輕解說員眼底的光亮，讓我心中又有了火花跳耀。還有什麼比自己本身的認知更重要的呢？而無論將來解說員的工作權如何發展，可以確定的是，我們是相當幸運的一群人——如果當年我沒有走入國家公園解說員的行列，沒有工作單位及生活環境的長期投資與栽培，我自然不能成爲今天的我。倘若將來解說員離開公家體系，我們更成了僅有的幸運兒。

陽光清艷，雖然戴了遮陽帽，海水依然將強光送入雙眸，年輕解說員瞇著眼睛向我問：「如果解說員眞的外包，妳會留下來嗎？」

「大概不會吧！」

「其他人也這麼說，我覺得這樣好可惜，不管對解說員或是對國家來說都很可惜。」

「是啊，眞的很可惜。不過，那也不是我們可以決定的，所以不用太難過。」我拍拍他的肩，又說：「將來如何，誰都不敢說，但可以確定的是我們已經有足夠的自信去面對人生，不是嗎？」

我們停步看海，玉瑩走過我們身邊說：「嗨，解說員，發什麼呆？有人要搬走石頭了。」

回頭望，果然有人拿著大塊小塊的珊瑚礁往停車場走去，而她正急急追了過去……。

蜉蝣之生

〔十月二十九日〕

下午四點五十分，架置在水畔的昆蟲收集網內出現二隻初羽化的蜉蝣；五點二十分，網中出現近十隻蜉蝣；隨著暮色漸濃，蜉蝣羽化的數量愈來愈多……。這黃昏天將暗的時刻，正是南仁山區沼緣蜉蝣生命澎湃之始。

空氣中瀰漫著半似瓦斯半似酒的沼氣，晚霞在天空也在水底，我們蹲坐在濕泥與青草之間，等待水中幼蟲出水羽化。六點整，光度計顯示水畔的光線爲零，但林外還有光亮，蜉蝣羽化的數量達到高峰。

蜉蝣是台灣水域環境極普遍的水生昆蟲，成蟲生命短暫，幼蟲卻沒有一定的齡期，環境條件若不佳可以多次蛻皮，待環境條件好轉再羽化。正在進行蜉蝣長期生態研究的彭仁君老師說：蜉蝣的羽化承受很高的被捕食壓力，蛙類、魚類及在水面生活的蜘蛛，都能輕易捕食牠們。在微弱光線的掩護下羽化，除了可減少天敵捕食的機率，也能降低在熱帶白天高溫下羽化的水份喪失。

沼緣蜉蝣在暮色中起飛，通過了天擇的篩選。日與夜在樹冠上交會，羽化後的蜉蝣都向微亮的林外飛去，牠們要去哪裡呢？我想是循著亮光到林冠上齊聚尋偶吧，老師則說應該想辦法上去看看。從地面上到樹冠不是件容易的事，但科學重求證，我相信這位醉心於自己研究的老師總有一天會上去揭開謎底、成全自己。

蜉蝣研究

龍葵

〔十月三十日〕

一早，公園的除草隊伍來到我今天值勤的瓊麻歷史展示區割草，同事小蔡手腳俐落地搶摘了一袋新嫩的龍葵（烏甜仔），準備中午給同事們煮鍋龍葵麵線。

龍葵是茄科的草本植物，在台灣普遍分佈於低海拔地區，葉片心形，顏色深綠，花序繖形，開小白花，圓球形小漿果成熟時由綠轉成紫黑色。它的嫩葉可烹煮為食物，在物質尚未富足的年代，是鄉間常用的野菜。

野菜是和著花序摘下來的，一叢一叢吐

瓊麻館的舊舍殘蹟

著鮮嫩，小蔡將嫩葉稍事清洗，再加些小魚干調味，不到十分鐘光景已烹成一鍋翠意盪漾的古早吃食。

這天與我同來瓊麻館值勤的，是二位七十多歲的義工爺爺，他們對著這自小熟悉的野菜，說了許多回憶，邊說，邊一碗一碗吃著；邊吃，邊嘆這野菜多好，只好久沒吃了。其實，我們這代如我這般鄉下長大的孩子，幾乎也都吃過以龍葵嫩葉調製的粥或麵，如今嚐來，也別是一番滋味。細細品嚼這自小熟悉的野菜，柔軟中帶著點苦味（莫怪它還有個別名叫苦葵），這淡淡的植物的苦味，就如老先生的輕嘆般，引人思念朦朧的舊日時光。然而，這植物的滋味可比老先生的回憶更古遠，是一段歷史的鄉愁的滋味了。

查閱野花資料，發現龍葵有一別稱叫「老鴉眼睛草」，看到「老鴉眼睛」四字，腦海即刻浮現那帶著暗光的龍葵熟果，心中不禁一笑，可不是昏朦的老鴉眼睛嗎？這微甜的龍葵果實可以吃，但卻帶著一種莫名的怪味，且吃一兩顆還可以，吃多了就覺喉嚨不適，也可能鬧肚子。茄科植物果實多半具輕微毒性，龍葵果實看似可口，卻只宜淺嚐即止。

龍葵果兒我現在是不吃了，但仍需尋覓採擷，因爲遇有無助幼鳥被送來辦公室時，我們便得為那彷彿永遠無法塡飽的黃口四處覓食，而易尋且果實眾多的龍葵當然成為採擷對象，不過這人類只宜淺嚐的小果，幼鳥也只適量取食，不能做為主食。

至於龍葵的花朵，本盛開於春夏季節，但在溫暖南方、日照長度與春日相似的秋天，仍可見龍葵花朵吐露。那纖小的白花綴在濃綠的葉間，色彩清淡且不聞芳香，卻能喚來昆蟲為它傳粉（是蜜甜嗎？），每棵龍葵在春秋之間總見結實纍纍。

窗外秋陽清燦，光霧迷離，龍葵的小白花，這會兒也和著綠葉被我們吞入肚腹了。植物供養天地萬物，只要能消化吸收的都是吃食，在物質貧乏的年代，人們就以這微苦的滋味，譜寫回甘的普遍記憶。

草地春秋

〔十月三十一日〕

不久之前，爲了美化景觀道路，龍鑾潭南岸前的那段道路分隔島草地被翻土種植了仙丹花。已經是落山風的季節，新栽的花枝顯得憔悴可憐。這幾天行經這段公路，我卻驚訝地發現：在人工栽植的仙丹之間，盛開了紫的白的紅的黃的各色野花！

過往的分隔島風光原是成排綠樹下一帶青碧，工人定時以割草機除草，草地上生長的多是平日伏地而生，只在開花時抽出長長花軸的毛梗雙花草。在人們除草的間隔裡，毛梗雙花草把握時間完成世代的傳續，成爲這裡一支獨秀的優勢族群。但經過整地與栽植的干擾，原有的秩序被打破，草地上霎時群雄並起，植物族群間的競爭使得這帶土地風雲再起。

停車步行約一百公尺，我便記錄到霍香薊、一支香、咸豐草、青葙、毛梗雙花草、龍葵、黃鵪菜、長穗木等近三十種植物，它們或開花，或結果，或努力地成長著。這些植物的種子在土裡等待很久了吧？以往在割草壓力的篩選下，使得伏地而生的毛梗雙花草幾乎一統草地版圖，而今連土也被翻了，土壤中存留的種子於是獲得了重新競爭的機會，再加上栽植仙丹之後，割草機無法恣意馳騁，多樣的野花便在那些活也活不好、死也死不了的植栽之間欣欣向榮……，這樣的發展，不知當初想「美化」草地的人們可曾料及？

毛梗雙花草

卷三 十一月

林下姑婆芋沐浴在短暫斑光中

樹頂光陰

（十一月一日）

「鈞膾，我好害怕。」

雙手緊握著鐵梯，我攀在十二公尺高的垂直鐵塔中段，望下看，離地好遠，望上看，離塔頂更遠，忍不住向在森林底層架設實驗儀器的學弟大喊。

「我上去拉妳好了。」

衡量局勢，他要拉我上去的難度比我自己爬上去更高許多，我於是婉謝了他的體諒，屏氣凝神，腦、心、手、腳並用，繼續一階一階膽怯地攀高。

終於接近塔頂了，但那木片釘成的檯架突出梯外許多，怎麼上去呢？學弟喊：入口在另一面，我只好在高塔上咬牙橫跨到另一面；還在觀察如何爬上檯面較好，學弟又叮囑：上面的欄杆有三面壞了，不要靠；正心慌意亂地把自己弄上塔頂，又聽見他告誡：下來的時候會比較困難……。

我上來了。癱在塔頂，我向這座森林宣告。

在這低海拔的溪谷森林中，有三座由鐵梯三面合抱的鐵塔，是我的指導教授郭耀綸老師建來測量樹頂葉片光合作用速率用的，我不做這方面的實驗，鐵塔原是學長學弟們的地盤，但老師爲讓我瞭解這片森林，要我到塔頂靜坐一日。我終於上得塔頂，站在森林頂層，放眼望去綠樹森森，風過波湧，浩浩如汪洋。但我並非就此心曠神怡了，因爲東北季風吹得樹冠搖動，鐵塔似乎也在搖動，我的心，就搖得更厲害了。老師親手以木片釘成的檯面寬一米、長一米六左右，原有的四面圍欄被風雨蝕毀了三面（學長學弟們在上面做實驗還是動作俐落），我站立時總覺腳底發軟頭頂發麻，試了幾次不見改善，只好坐著。

天氣很好，朝陽使冠層葉片閃閃發亮，這些閃亮的綠葉正殷切地捕捉每一寸陽光，以製造生物界所需的能量。我坐在彷彿與枝葉一同擺盪的高塔上，腦底可以想見光子被綠葉的色素捕捉，然後經光合作用，將光能轉換成化學能，再將二氧化碳還原成醣類，最後養分經由輸導組織遍送全身；我也想見水分由土壤擴散入根部，藉著葉片的蒸散作用形成蒸散流，水分子自濃度高的根部向濃度低的樹冠移動著。一棵喬木有數十萬片葉子，每一片綠片皆是運轉著光合作用的魔幻工廠，我微瞇著眼，感覺周圍的大樹小樹都努力地在生長。二年前，這塔新建時與周圍樹冠等高，現在塔邊一棵大葉楠已經高過塔頂約二公尺，斜伸過塔頂一角的橫枝正好爲坐著的我遮點兒蔭。

「學姐，電池用完了，我要出去拿。」這是我上到塔頂後鈞膽說的第一句話。這片森林屬於國家公園的生態保護區，因颱風損毀步道，目前正封閉當中，學弟離開後，森林裡就只我一個人了。我忽然想起常在這附近活動的猴群，如果牠們這時候來到這裡，那麼，優勢的就不是我這個「人」了！想到有點兒心慌，我不禁立起身來眺望學弟的身影。在這密林中，我當然望不見他，但可以約略尋出他走出森林的路徑。他首先會攀著繩索滑下陡坡，經過台大研究生的實驗樣區，然後穿越幾乎被灌叢淹沒的小徑到達溪邊，那裡是成大研究生的實驗樣區；跨過溪流，他會碰到一處剛長出一棵小血桐的崩塌地，然後再經過高師大同學的樣區，走一會兒產業道路，就能望見保護區管制站的屋頂。接著他拿到電池，再循原路回到這裡，快的話五十分鐘足夠。猴群只要這五十分鐘內不要來到這裡，我就沒事。

我一個人，在一座無人的廣闊森林中，離地十二公尺，無法安穩站立……，還是躺下吧，屁股都坐疼了，風吹得也涼，而且猴群若來，以這種「低姿態」也許較能討好牠們。

影響這座森林最大的環境因子是東北季風，迎風坡與背風溪谷的林相迥異，而在我身處的背風溪谷中，風吹得到的林冠與風吹不到的林下溫度也相去甚遠，季風更影響了林木的高度，若非季風的雕塑，我今天要爬的塔恐怕就更高了（無風的赤道地區，熱帶雨林的樹高普遍爲三、四十公尺）。我半個身子在樹蔭裡，半個身子在陽光下，冷了往陽光裡挪動些，光線刺了眼再移向樹蔭。仰望藍天白雲，我不禁想像，雲朵從天上看見莽莽綠野間，有個人躺在森林頂層曬太陽是怎麼個光景？

躺了一陣，骨瘦的身子又覺疼了，於是換個伏臥的姿勢。從上向下看森林，對我而言是一個陌生的角度，這林子不再是平日我熟悉的模樣了，難怪老師要我在這樣的高度上體驗我自認熟悉的森林。這片熱帶森林自下向上望，是豐茂；由上向下望，是莊嚴。此刻陽光燦爛，但林下卻只有斑駁光影，那森林低層本非光的舞台，只有當陽光恰恰合於某一穿林的角度，或風吹樹搖動，才會有那麼一束光突破層層枝葉的遮阻抵達林下，然而這短暫的斑光，卻已足夠林下的耐蔭植物溫飽，較之佔據森林上層對陽光貪取無厭的喬木，林下植物自有一帖耐人尋味的生存之道。課堂上老師說林內的點點斑光是森林底層植物生存的主要能量來源，它們日日所期待，就是斑光灑落身上的片刻。我透過搖動的枝葉，尋見地面一株鮮麗的鶴頂蘭正沐浴在斑光裡，全身皎潔剔透，但我只能望一會兒它煥發的容光，因爲塔高使人發暈。我又平躺看了片刻天上白雲聽了一陣鳥鳴，再回頭望那株蘭草，陽光已移開它殷勤婉留的身姿。

林中鳥兒不少，鳴聲遠近交流，看得見的有赤腹鶇、紅嘴黑鵯及五色鳥，牠們都與我比肩或在我之下，看不見的還有山紅頭、黑枕藍鶲和竹雞。我正忘情於風、樹與鳥的對話，塔底忽響起枯枝斷裂的聲音！是鈞膽回來了。一會兒之後，他不知又鑽入哪個角落，喊他已無回響。

鈞膽跟著老師在這片森林做實驗已經三年，經常孤單一人來這兒（他正試圖解開森林底層二氧化碳濃度與植物生長之間的秘密），問他獨自面對荒莽不覺恐懼嗎？他說他已經熟悉這裡，人在熟悉的環境裡不會覺得害怕。一個人清靜，反倒可以得到做實驗的靈感。我考慮了一下，沒問他怕不怕猴子。

森林中沒有一刻是沈寂的。有一陣子，林間群鳥似乎起了爭執，而這爭執可能是紅嘴黑鵯引起的，因爲牠一直過於吵鬧，於是赤腹鶇首先發聲抗議，然後五色鳥、山紅頭，甚至林下的竹雞也加入戰局。牠們叫得聲勢磅礡，我不得不哼起貝多芬的「合唱」共襄盛舉。也許我的聲音有些特別，牠們起先顯然一陣愣愣而嘎然止聲，甚至有隻五色鳥還前來查探究竟，但過會兒在竹雞的帶領下，大夥兒又唱了起來，與我一同唱著。

樹蔭在塔頂寸寸移轉，約莫中午時刻，爲了生理問題，我即使千般不願也只得下塔去。那當然是提心吊膽而姿態滑稽的場面，但我總算是有了上下鐵塔的經驗，而一回生二回熟，我再攀鐵梯時已比初次從容許多。在緩慢爬升的過程中我順道觀察了旁邊的樹。熱帶森林中，一棵樹往往就是一個生態系，樹幹上著生蕨類、蘭草、木本植物，還攀著或粗或細的藤，不同高度則有不同的昆蟲、樹蛙或鳥兒居住。就這棵樹本身而言，上下層的葉片生理構造也不盡相同，上層葉片可以利用較多的陽光，一般是葉肉組織較厚的陽葉，而下層葉片因受到上層葉遮蔭，構造上是葉肉較薄、對弱光利用效率較高的陰葉。攀在鐵梯上看著旁邊的大樹，我因知曉它的生存謀略而會心一笑。

鳥兒們忽然安靜下來了，是午休時間了吧。我從背包掏出簡單的午餐，用過後便閉上眼睛，以千頃綠緞爲被，試著午寐。再睜開眼，光陰又移幾寸，鳥兒們也回來了，我想我可能睡了一覺，夢中盡是層層綠樹。

午後，天空被烏雲佔領，正擔心是否下雨，雨滴已經打上臉龐。氣象資料顯示，這裡一年當中有二百多個可以看見太陽的日子，也有二百多個有雨的日子，所以一會兒曬太陽一會兒淋雨倒也不令人意外。雨來了，我反正無處可躲，乾脆張開嘴與綠色植物一同迎接旱季甘霖。

雨裡，最歡欣的應是著生在樹幹上的植物族群，當葉片收集了雨滴，沿樹幹向下流淌時，著生植物便有機會暢飲維生之泉了。著生植物與寄生植物不同，它們自己行光合作用、利用空氣中及樹幹表面的水分，並收集風中塵土攢積礦物元素，它們身上的叢叢綠葉，就是自力更生的宣告。而立足大樹之上，爲的是藉樹的高度取得陽光。

鈞曕不知在林下何處？雨來了又走了，陽光再回塔頂時已變得相當薄，但大葉楠枝影仍透露光陰的腳步。我一向不是個忙碌的人，但也不曾這般徹底清閒，閒到可以靜看光陰的移轉，閒到公事私事情事都上不了心……。我不覺輕鬆的笑著，在老師架設的高塔上，承接陽光雨露，宛如一株著生植物。

著生於枯木上的野生蘭

檸檬香蜂草

〔十一月二日〕

夏末到田尾旅行時，看見花店裡一叢爽心的綠意，那泛著綠光的葉片令人感到生命的活潑喜悅。搓揉葉片，滿手清涼檸檬香，看名字，是檸檬香蜂草。介紹文字中提到這香草植物可以做菜，也可以抗憂鬱。我一下買了十盆。

帶回來的檸檬香蜂草，自己留下兩盆，其他都送了愛做菜或近來似乎有點憂鬱的同事、朋友。我特地查了這植物的屬性，在贈送的同時告知對方：書本上說它是來自南歐的嗜陽植物。

栽培一段時日後卻發現，它其實並不適合熱帶強光，在南台灣的艷陽下，沒多久它就全身攤軟，一副中熱衰竭的模樣；把它移至涼蔭底，又能起死回生。但從它的葉片構造看，應該是大太陽下生長的植物沒錯啊。因爲送出去的檸檬香蜂草都長得不太健康，我於是把它帶到學校實驗室，與共同學習植物生理的研究所同學討論栽培之道。大家圍著一盆香草看了許久，有人提到溫度的問題。這香草原產地與培育地的溫度都不似恆春炎熱，墾丁的大太陽可能令它無法消受。

我重新更正栽植之道，但同事的香草還是愈來愈憂鬱，我的這兩株倒是日勝一日蓬勃。原因再清楚不過，因爲我有換盆而其他人沒有。原本生意盎然的香草在狹小的盆中，很快便將土壤中的養分耗盡了。養花原得有閒情與殷勤，而鬱悶的心，理不出活潑的花草。不知哪裡可以買到塑膠做的抗憂鬱香草？

我在半島上的三個朋友

〔十一月三日〕

由我引導解說的一群孩子，在聽了一個早上的生態故事後來到海邊，脫了鞋襪便向潮水衝去；我獨自站在滿載閃耀星光的海水邊緣，遙望沙灘另端墾丁青年活動中心內的臨海閣樓，心間洋溢著一種美好的氛圍。我偶爾與三位好友在那閣樓上相聚。

昨晚我們就是在那裡晚餐的，杯盤間聽著巴士海峽的濤聲，說著好朋友會說的話，有時抬頭看一顆流星劃過閣樓外的天空……，但四個人的晚餐，閣樓上卻一直只有三個人。

起先是把大家找來晚餐的阿財被召回工作的飯店應酬客人去了，只有閣樓主人伴國家公園警察隊隊長和我同登樓閣。我在半島上的這三位朋友，向來都是忙碌的。忙碌的隊長除了忙於開會和應酬，也勤於筆耕，今年更去唸了生態研究所，酒菜之間掛記著過幾天要與老師、同學去登山的諸多事，大凡飲食住宿與交通，甚至烘托氣氛的小細節，他都要費心，就如同朋友們出門踏青時一般，他對待年輕的同學們也一樣認眞。有他在的場合，我總覺一切放心。

樓外風清月明，青山與浪花輪廓皆分明，樓上三個人吃著喝著聊著，直到飯飽，阿財仍未出現。以往，他們會頻撥電話爲身陷酒桌的一方解圍，但這晚他們沒有這麼做，因爲知道阿財這幾天當家，無論如何難脫身，催他只是讓他兩頭爲難。

隊長因爲另約了人到鎭上張羅登山之事，先行離開，留我與閣樓主人觀月聽濤等阿財。閣樓主人從年青到現在，已有二十餘年救國團總幹事的資歷，他年紀長我一段，體力與意志力也長我一段。不久前一同至南投演講，我因寒冷發燒想下山，他便披星載月地將我和阿財從溪頭送回墾丁，爲提神還一路賣力獻唱……。薄酒佐話，他談著繁華過盡後對人生諸多事的看法，我則頻頻點頭，他興致一起，便以漂亮的毛筆字在我的筆記上寫下「爽借清風明借月，動觀流水靜觀山」、「清風明月本來無事，高山流水定有知音」等對句。我在總幹事之前，因爲一切都嫌太年輕，所以只需用心聆聽，無需急於言語。

隊長走後不久，阿財便出現了，帶著兩分酒意，直嚷肚子餓。他將桌上賸菜一掃而空後，看總幹事在我的筆記上提字，也頻頻求字，總幹事於是鋪開宣紙，不疾不徐爲他寫下「有錢眞好」四個大字，阿財連連稱好，將字紙仔細捲收後，轉身便囑我拿去框銾。

阿財本名並無財字，因爲是公司的財務總管，便被朋友們謔稱爲阿財。他對周遭的人與事總是充滿著慷慨的熱情，因爲熱情且拙於說不，當然就有忙不完的事。除了需南北奔波工作之外，更有剪不斷的應酬，放下酒杯又想邀好友們相聚，有時還來聽我解說學認花草和星星，偶爾也幫我的同事寫與企業管理相關的研究所報告，遇隊長課業上需要幫忙，更不忘把我這個也幫得上忙的人召來一起熬夜做功課。而當他和隊長和我一起熬夜做功課時，他又打電話給總幹事，於是當總幹事在凌晨二點從遠方歸來，還特地爲我們送來宵夜……。自從與他相識後，原本兩年見不到幾次面的我和隊長，旋即變做常相見。我們這四個人，就被他這麼東拉西扯的愈來愈熟，愈來愈不怕彼此麻煩。我這個有點兒孤僻又愛好清靜的人，竟也樂於偶爾與人吃喝閒談了。

在那座臨海的閣樓上，我偶與這三位朋友相聚，他們風格雖迴異，卻彼此惺惺相惜，情誼匪淺，我看著聽著他們互動，就如同欣賞一場美好風光，對人生不禁興起一些有別於以往的看法。這三個大男人今天相約一起去看海了，這會兒或許也在半島某個角落望著滿載閃耀星光的美麗海水；過陣子，他們還要一起去花東旅行，而爲成全他們的 Men's Talk，我將只以祝福與他們同行。

關心

（十一月四日）

黃昏的時候，一隻黃裳鳳蝶飛來我書桌前的窗外，停佇海檬果花朵上採蜜，那閃亮的金黃翅翼引我自書中抬頭；視線與白花、綠葉及一隻華麗的蝶相遇，本已賞心悅目，此刻美麗的陽光更讓畫面憑添幾許魔力。

在陽光如此美麗的閒暇黃昏，應該去散散步。

黃昏是鳥兒一日之中的活動高峰時段，這會兒屋外正鬧成一片，連松鼠也沒在這章天籟交響中缺席。我一個人，沿辦公廳舍前的山坡慢慢走，每一聲鳥鳴，聽在耳裡都覺輕快明亮。在山坡上最佳的觀景點暫停一下，看看海和天和樹的顏色，感受東風輕拂身上每一個飽眠的細胞，我不禁對海吹吐一聲愜意的嘆息。

與迎面慢跑而來的同事揮手交換個沈默的招呼後，我沿著海邊的道路，朝二公里外的牧草地行去；行至牧草地時，夕陽正立於小路盡頭。我無追日的雄心，只願坐看綠茵和草花在夕日長風裡後浪推前浪，扇動金色陽光；或以望遠鏡追隨草地上的候鳥，

黃裳鳳蝶

窺探遠程旅者的行徑，欣賞牠們飛奔夕輝的姿態……。天地有大美，我立其間，心境靜闊如幽幽空谷。

看著朝夕日越飛越遠的縹緲鳥影，我忽然想起窗前的黃裳鳳蝶——一個被保育多年卻依然數量稀少的蝶種。黃裳鳳蝶是台灣特產的亞種，而恆春半島是牠最主要的生育地。據文獻記錄，這裡曾經分佈大量的族群，可惜由於環境變遷及人為捕捉，今日已成為罕見的物種。這個島嶼若失去牠，那該多可惜？深受大自然眷顧的我，是否該為這被列為珍貴稀有的保育類昆蟲盡更多心力呢？是否該仔細研究與牠存亡相關的所有生態細節，以為保育工作之參考？

日沒盡，風微微。

回轉住處山坡時，鳥族芳鄰們多已靜歇，只一兩隻三心二意的烏頭翁還更換著今晚夜棲的枝叢。而山崗上明月初升，那清亮的月，又讓我在院子裡徘徊多時。

夜裡查閱著與黃裳鳳蝶相關的文獻資料時，屋裡電話忽響起，是與我頗熟絡的值班同事打來的。他說黃昏看見我孤伶的背影，讓他感覺落寞而淒涼。他未詢問我當時的心情，便說了許多關心的話，還叮囑我趕快找個人嫁了，別再孤孤單單。我本想向他解釋他所見與我所感有著相當的差距，婚姻與孤單也不是可以完全抵消的兩種狀態，但轉念卻只表示謝謝他的關心——經驗告訴我，成全他人的關懷比讓他人理解你、支持你來得容易。我明白他是好意，若他一個人獨自散步，他也許會感覺獨單無聊吧？我們總難免以自己的想法去看待或關心別人。

掛斷電話不久，電話又響起，這回是從小一起長大的同窗好友。電話那端，單身的她語調愉悅地談著剛剛結束的旅行；後來她問起我的近況，我看著手上黃裳鳳蝶的照片，提及想研究黃裳鳳蝶生態的念頭。她說我是適合讀書的；我順著話題回問：妳工作如此穩定，何不也繼續唸書增加專業度？她說了一些不想繼續求學的理由，我本想嚐試遊說她（她大哥曾囑託我勸她把精神花在學習「有建設性」的事情上——像我一樣），但想起剛剛同事的電話，不禁自問：我是否也以個人之心在度量好友的人生？

話題回到她的旅行，以及她正在學習的太極拳上，話筒中即刻散放出愉悅明亮的氣息。我還需勸她什麼呢？對於我們所關心的人，還有什麼比支持他走他想走的路更重要？

（十一月五日）

一片綠葉與鷹的翅膀

一陣風過，湖畔的烏心石大樹飄下幾片黃葉，落葉驚起正在湖邊啃食兩耳草的台灣稻蝗。幾個月之後，落地黃葉會被森林底層的跳蟲、螞蟻、薊馬等無脊椎動物取食分解成有機碎屑及植物可吸收的養分。而其中屬於碎屑食者的螞蟻，在夜晚經過一隻坐等在落葉間的拉都希氏赤蛙附近，成了青蛙的食物；這隻拉都希氏赤蛙吃了螞蟻之後，隔天又在古湖畔捕食了兩耳草上的台灣稻蝗；兩天之後，這隻青蛙至溪畔覓食，卻被紅斑蛇捕住活呑了；一天，

南仁山古湖水域

紅斑蛇行過草地，空中忽然降下一雙鷹爪，大冠鷲攫獲了牠。透過捕食，生態系中的養分循環與能量流動過程在生命與生命之間無處不在，一片綠葉與鷹的翅膀之間，也存在著某種程度的關聯……。

與同學坐在古湖畔看大冠鷲平展雙翅翱翔天空，因為她在讚美鷹揚時不經意地折下一片草葉，我於是向她說了上述生態故事。這個故事並非我信口編造，而是整理各領域學者在南仁山森林研究多年的資料，一針一線繡出的部分森林動態圖。故事說罷，她玩弄著手上的葉片說：故事很精彩。看她一派天真模樣，我只好取下她手上的葉片明說：這就是兩耳草，它可以利用陽光行光合作用，供應整個生態系層層轉移的能量，所以，請不要信手摧殘綠葉。她聽完俯身大笑。

野溪新風貌

〔十一月六日〕

沿著泥濕的小山徑之字往上爬，走到沒力時，台大的學弟小狗說：還有一半路程就到入口了。

今天要到一處我未去過的研究樣區，樣區位在南仁山區的萬里得山上。山腰上停步喘息並俯視滿州山谷，嫵媚青山自山谷盡處波湧而來，風光綺麗，但近處的谷底平原看來卻頗詭異！有一道曲如長蛇的水泥壕溝躺在那裡。我喘著氣還未理出頭緒，學弟已忿忿不平地說：那就是所謂的野溪整治，這兩年才弄的，眞難看！搞不懂的是，溪流兩旁都沒住人，連間工寮也沒看見，幹嘛整成這樣？那本來是一條好好的溪流，就像我們平常在山裡看見的那樣。

那本來是一條好好的溪流嗎？蒼翠群山之間嵌著水泥壕溝的景象，就如大好山河被粗魯施暴後留下一道開裂的傷口，教人看了好心疼。而這道傷口的背後，更關聯著一場水生生態的浩劫。在這場劫難中，想必有許多生命消失了，一些以溪流泥岸爲家的物種，也失去了原有棲所。更不堪的是，建造這糊塗公共工程的經費，可能還包含我所繳納的那份稅金！

在這人煙縹緲的荒野之間，一條野溪因了某種紅塵緣由，失去了自然風貌，而失去自然溪流的山谷風水，也沒了原有的靈秀。拖著沈重的上山腳步，不禁想大聲問：我們到底還有多少好山好水可供如此揮霍？

庭園裡的臭娘子

〔十一月七日〕

盯著電腦螢幕趕了一日報告，眼睛痠朦直想流淚，用力眨著雙眼，邁步到辦公室外觀看花木緩和視覺。

辦公室庭園裡的花木，大部分屬人工植栽，但其中也有幾棵樹是經由自然播種長成的。走廊邊一棵顯然是不請自來的臭娘子，已經高與屋頂齊，此時滿樹果實成熟，一對烏頭翁正在樹上啄食熟果。

馬鞭草科的臭娘子，葉片青綠油亮，依生長環境不同可長成灌木或小喬木，當它生長於環境因子嚴苛的海岸礁石地帶，常呈現盤根多變的匍匐姿態，所以也受到園藝盆栽青睞。在生理生態特質上，它喜好陽光，普遍分佈於台灣海岸地帶，生育環境可從海岸砂質、礁岩、礫石地到濕草原土壤和溪岸，在墾丁的海濱地帶便常見它以灌叢的形態出現。

在溫暖的台灣南端，臭娘子一族幾乎四季均有開花結果者，但盛花期歸於春夏之際。春濃時刻，常見臭娘子族群在葉叢頂端紛舉百燭燭台般的繖形花序，每一盞小燭台上，都著生淺綠或黃白色的小花，細碎如天際星團。小花們經昆蟲採蜜傳粉，便在燭台上育成晶瑩的果實，果實由綠轉黑即告成熟。透過鳥類的覓食，種子的傳播寬度不可預測，院中這棵已將併根生長的植栽（蘭嶼樹杞）遮阻於枝葉之下的臭娘子，應該就是靠著鳥類傳播來此生長的。這會兒樹上的那對烏頭翁，便大方的在我眼前灑落可能帶有植物種子的糞便。

把臭娘子名爲臭娘子，其實是有些委屈它的，它只不過是花朵的味道較特殊罷了。在生長的旺季，我在院中散步或慢跑時常被它那特殊的氣味包圍，對於我的嗅覺而言，那味道的確不甚迷人，但人們以爲這花朵兒臭，蟲兒們可不以爲然，斜陽底常見蟲蝶迷醉於它單薄的花色間，見此場景不難明白，臭娘子的「異味」與一些花朵的芳香有異曲同工之妙，都是出自吸引蟲蝶爲媒的期盼。姑且不論這臭娘子的異味是否適宜名之爲臭，關於它的命名者，我想大概是個男人。

以國家公園的經營理念而言，庭園行道的人工植栽也應以本土植物爲主，所以除了作爲層次綠籬的矮仙丹與九重葛，辦公室周圍多栽植大葉山欖、欖仁、蘭嶼樹杞、白榕、海檬果、白水木、草海桐、臭娘子等恆春半島的原生植物，但這些植物開花多半不明艷，使得偌大院落看來綠盛紅衰。或許滿園野綠讓某些訪客感到不夠華麗熱鬧，我曾見人向我的長官建議改造辦公室周遭環境，使辦公處所顯現應有的氣勢與秩序。

但在我看來，那可是外行人的看法。我們這個庭園，其實不只是可觀花賞葉的場所，也是一個生態庭園，每個季節都可以在此觀察到各類生物與植物間的互動。以臭娘子爲例，它的存在不只詮釋了植物的生命韌度，也和與它相關聯的昆蟲、鳥兒們共譜了生趣盎然的生態情節；其它開花不鮮艷的樹如大葉山欖，也有著專屬於它和松鼠、鳥兒間的私密情事。而透過這些動物與植物間的互動，我們更看見植物在傳粉與傳播種子上的動人智慧。這個庭園雖不多見紅花，卻可見豐富的生態現象，這樣的庭園，不比一個遍植各色草花的園子高明得多嗎？

一陣風來，送來不遠處一棵臭娘子開花的訊息，我想半公里內的昆蟲都聞見這特別的氣味了吧。

小鎮書店

（十一月八日）

在我居住的這個南疆小鎮上，有一家具誠品風格的書店，就在鎮上最熱鬧的區段，巴士站旁邊，這兩年朋友們來找我，我多約在那兒碰面。

走進書店，除了看見很多的書、很少的文具，還有風筝、望遠鏡、地球儀、陶燒、鐘錶、咖啡壺、茶葉、布娃娃等商品。這書店才開兩年，在它出現之前，鎮上一直沒有眞正的書店，那些存在多年的小書局主要是賣文具而非賣書，它的出現算是難得。

我時常到這間書店，搬張店老闆爲看書的人準備的小竹凳到角落窩著，從老子、莎士比亞、梭羅到高行健，都能從架上請下來，小貓、小鳥、植物、蝴蝶、星空等各類圖鑑也可以盡情翻閱。書店裡平時流洩的輕柔音樂雖不是我會收藏的典型，倒也挺適合陪伴閱讀。有時候，老闆還會特地爲你放一張他認爲你會喜歡的唱片。當然，店裡也賣許多唱片。

我因爲看書、買書、訂書與寫書，和老闆漸漸熟了起來。當過年期間還見書店營業，不經意問起怎沒休息，老闆卻說鎮上很多人到外地工作只在過年回鄉，要讓他們可以到書店來看看，知道鎮上有了這樣的書店。這老闆是個海外歸來的學人，回鄉做這樣的投資想必有與人不同的抱負，大家都笑他在這樣的地方開這樣的書店只能圖個氣質。從店裡琳瑯滿目的各色商品，不難看出書店的確經營不易，我有位愛看書的同事看出這點，買書都不想要老闆打折了。

這天，我又在角落看書，書店裡只我和另一名不相識的女子，老闆爲我們換了張唱片，蔡琴緩緩吟唱出「月光小夜曲」。歌聲裡，我看書的雙眼忽然失了焦，在「月光」繚繞的書香中，心靈安寧如秋天的湖水，澄澈恬靜。後來那位女子買了本書先我離去，我隨後與老闆道別，他說明天店裡會開始賣傘，過陣子要在書店隔壁開間咖啡店，店名就叫月光。

我這天買了一時還看不到的書，改天肯定還要來買把傘。這書店的續存與否，可是我們這偏遠小鎮的重要事。

寧靜的戰場

〔十一月九日〕

又到南仁山，這次是陪同參觀保護區的遊客走在森林步道上。途中，有人對我說：這裡眞安靜。

林中明明有盈耳的鳥叫蟲鳴，但我們還是覺得森林是安靜的。之所以如此，除了一般人並不把天籟當吵雜之音，靜立的群樹也給了人們視覺上的寧靜感吧。然而，在這安靜的綠色世界裡，卻正默默進行著一場生與死的激烈爭戰，一場永不休止的生存戰役。而人類有時會在無意之間影響戰局。

在森林中，土壤養分與生長空間都是有限的，綠色植物從發芽的那一刻起，就開始了生存的競爭；族群與族群之間要競爭，族群內的個體之間也要競爭。在南仁山森林中，溪谷土壤養分含量較山頂優沃，條件較有利植物生長，但凡是土壤肥沃、環境條件良好之處，定爲兵家必爭之地，在演替的過程中必然爭戰激烈。

爲尋求生存的空間，各類植物互顯神通，然而存活只有二道途徑：一是成爲戰無不克的沙場強者；二是走出這片沙場，另尋出路。在今日我們所見的生態圈裡，自北極凍原至熱帶雨林都有生命存在，環境條件愈嚴苛之處，能存活者愈有限，族群間的競爭自然就減少了，另謀出路顯然也是成功的演化策略。在南仁山，雖然溪谷區土壤較肥沃，但貧瘠山頂自有適應該處環境的植物族群安身立命。

綠色戰爭安靜激烈而自有章法，但人類的活動卻不經意地擾動著這自然的章法；隨著人們開墾的腳步，一些善藉人類助力開疆拓土的陽性植物（如銀合歡），已成爲最優勢的競爭者。但在無人爲干擾的森林中，各種原生植物固守著族群領地，這類植物是毫無插足餘地的。

季風暫歇，葉落有聲，當我停下解說的言語，森林群樹在生生死死之間，仍然一片寧靜。

等待斑光

（十一月十日）

陽光穿透闊葉森林的層層枝葉，在林間散繪點點光亮。走在高位珊瑚礁森林中，植物生理學者多次提醒大家：看，斑光灑入林下了。

斑光是陽光穿過森林冠層枝葉而抵達林下的光照，一天之中，斑光在林中同一角落出現的時間只有幾秒鐘至幾分鐘，卻是森林下層植物行光合作用最主要的光源，對小苗的生長有極重要的影響。在這熱帶森林裡，幾乎每一天都有種子在萌芽，冬春之際及夏日生長高峰期，林下更有千軍

林下姑婆芋小苗沐浴在短暫斑光裡

萬馬般的新苗齊發，然而在這些急於成長的眾多生命當中，也許只有一棵新苗能長成大樹，也有可能它們最終全數陣亡。因爲光源在鬱密森林的底層恆常匱乏。

斑光是森林底層植物生存的主要依靠，但一般人走在林中，並不會特別注意光的變化。今日與我同行的人所學各不相同，除了植物生理學者，大概就屬我對斑光最有感覺吧。我注意它、期待它是因爲常在林下攝影，我明白光對一張照片的重要性，又不善用閃光燈，所以只能耐心地等著葉隙間灑下的陽光。與林下植物一同等待光，我和它都要做好萬全的準備，因爲斑光相當短暫。當它的葉片終於因光閃亮而我按下快門，我總難分辨心上的滿足感是緣於自己拍下了一張照片，還是看見它容光煥發。

看，斑光灑入林下了。我彷彿聽見久經期待的樹苗寧靜的歡唱。

咖啡的滋味

〔十一月十一日〕

玉瑩又在煮咖啡了。不問陰晴，不論憂喜，只要有她上班，辦公室總不缺咖啡的香味，她說：「在快樂和憂傷的時候，我都需要一杯咖啡。」其實沒有快樂也沒有憂傷的時候，她也需要一杯咖啡。

「你要喝杯咖啡嗎？」明知我對咖啡因敏感，她還是要問，特別是在共同完成某項工作時，她甚至將香濃誘人的咖啡送到我面前。有時感於一番盛情，有時緣於某種情緒，號稱不能喝咖啡的我也會飲下那香苦的汁液。今天因爲共同經歷的荒謬情事，我與她在午後斜射入窗的陽光裡，一邊啜飲她調煮的咖啡，一邊品味人生的幽默。吸納咖啡的濃香時，我也盤算著一個難以入眠的夜。

「睡不著，看書寫稿不正好？」

她說得愜意。怎奈在肢體疲累而意識清醒的深夜，唯一的結果總是輾轉反側地在記憶底翻箱倒櫃，偏偏這樣的時刻，歡樂的記憶多已睏倦，一一浮現的，多是平日不願重提或刻意收藏的往事，舊思一起，入眠就更難了。靜夜裡，光陰在時鐘滴答聲裡邁著規律的步子，一向被理智妥善駕馭的情思卻如脫韁野馬，靜臥的身子裡澎湃思潮激盪得人滿頭昏脹。就起來吧，沈重的頭腦不宜寫作與閱讀，做家事是最佳抉擇，拖完地板躺下還睡不著，再起來燙衣服……。

認識的人都說，多喝幾回，咖啡就不影響睡眠了，怎奈我一遍又一遍，換得的總是閨房潔淨與衣衫平整，這咖啡的滋味呵！

可是咖啡能不喝嗎？特別是在落山風呼吼的午後，剛剛與你共同經歷過某件特別事的好友爲你端來一杯親自調煮的曼特寧時。

宗師風範

〔十一月十二日〕

疲憊地靠坐在一棵橫斜生長的樹上，經過六個小時的叢林跋涉我已步履艱難，前面領路的女子卻毫無疲態。她是來教我們認樹的同學，台大植物系謝長富老師的學生，事實上，這個研究樣區也是她建立的。

在我眼中，謝老師的研究室就彷彿鐵人訓練營，這個訓練營裡培養出來的學生體力與研究態度都教我相當感動。他們學長姐帶著學弟妹，可以在走一次就令人不想再來的艱難山坡上設立樣帶，調查每一棵樹；可以爲明瞭各樹種小苗更新的策略，在樣帶的山頂與溪谷間來回百餘趟；可以在唯有徒步方能到達的深山中，搭起高過樹冠的研究鷹架……。與這些同學同行森林中，我常對他們身後那位鮮少出面的師長感到好奇。是怎樣的一位嚴師，可以帶領出如此堅強自律的隊伍？

跟隨謝老師穿梭林間，發現年事已高、外型瘦削的謝老師爲人謙和，雖不多話卻有問必答，並無嚴師之態。這就更令我好奇了。

一天，我由謝老師最年輕的研究生陪伴，前往這位師長十二年前在南仁山區萬里得山設立的研究樣區，還未行至樣區入口，已經感到雙腳疲軟。在揮汗爬山時不禁暗問：怎會找如此一處荒遠之地設立樣區呢？然而當我登上樣區高點眺望，一眼便望見了答案——這裡林相豐美，幾乎無人為干擾，對醉心植物生態研究的學者而言，這樣的低地雨林無疑具有致命吸引力，如能解讀這片森林的生態玄機，辛勞自當不在思量的範疇之中。

樹連著樹，山連著山，一位良師在荒遠雨林中踏出學術研究的步伐與風範，然後弟子們依徑向前，闢出師門風格。如今年輕的弟子雖已不識老師當年的山野丰采，卻全然展現出鐵人研究室的風格，而我則在這些年輕學人的身上，感受到他們身後那位師長的宗師風範。

雞啼

（十一月十三日）

休假在住處看書，午後好友美蓉來電話，談話間，她突然問：「怎麼會有雞叫的聲音？」

「外面有人養雞呀！」我心想她明知我住在鄉下，怎會有這樣的奇怪問題。

「雞不是一大早叫的嗎？有人還聞雞起舞，不是嗎？」聽她如此說，我笑到不行。

「喂，妳這是什麼態度？妳是在笑妳們那裡的雞太晚起床嗎？」

「是有人聞雞起舞，但是他有說公雞只在清晨叫嗎？牠們天亮就叫，白天想叫也叫，叫到天黑。」我說。

美蓉其實是相當有學識的女子，只是自小在城市中成長，對活生生的雞不太瞭解，而小學時候祖逖聞雞起舞的故事記得太牢，反而誤會了雞。我與她是十多年的老朋友了，當年在墾丁擔任暑期解說員時相識，人生道路上便一直相伴至今。這些年來她生活在台北市，而我在南疆邊境，她念及我逛書局和購書都不易，常爲我寄來或帶來她認爲適合我的書。有時想想，她也許因此導引了我部分的閱讀方向哩。

我常覺得，生命中有她，是上天對我的一項眷顧。不需時常見面，透過電話和E-mail，她即能在我最需要幫助的時候助我一臂之力。那個夏天，我爲完成如馬拉松賽般的碩士論文寫作而費盡腦力與體力，她擱下正在進行的博士論文，以專長文史、淺識生態的「特質」，試讀我希望一般民眾也能看得懂的論文，並一而再地與我討論我的論文寫作方式，還不忘常說笑話爲我打氣……。多年來，她也始終在我的生活中扮演著「光明的力量」角色，助我在遭遇挫折時放下悲傷，穩健前行。一些發生在我們身上的傷心故事，笑談間都成了幽默情節。

「雞眞的白天都會叫嗎？妳不是在跟我開玩笑吧？」

「妳不是聽見牠在叫嗎？」我靠近門邊，好讓身在台北的她，可以更清楚的聽見墾丁的雞啼。

「爲什麼以前我去妳那兒沒聽見雞叫？」

「大概最近才養的吧！妳多久沒來墾丁了？」

「好像可以用年來算了，我們好像也很久沒碰面了。」兩人計算了一下，眞的滿久了。

「我下個月就去吧！」

「好哇，我帶妳去看雞。」

沒想到我因自小習慣，以致聽而不見的雞啼，竟透過話筒把忙碌的好友給召喚來了。

高蹺鴴

姑姑的百褶裙

（十一月十四日）

這兩年在復古風吹襲下，我最常穿的一件裙子，是姑姑年輕時穿的百褶裙。這件裙有上好質料，淺咖啡顏色，裙面以同色繡線散佈著小葉紋，雖經二十餘年歷史，卻保存得完好如新，想來姑姑年輕時定勤於照顧。姑姑穿這件百褶裙時，我還在國小年紀，當時心繫捉魚、釣青蛙、追螢火蟲或挖地瓜，對姑姑的穿著並未留意，她穿這裙子的模樣，我完全沒有印象，不過記憶中姑姑總是一派端莊，與這裙子的氣質頗相襯。

我非常喜歡這件百褶裙，除了高雅端莊，它更具有洗衣機攪不散、揉不縐的神奇裙褶與質料，我曾好奇察看，發現它連內裡都有著不起縐與好觸感的質地！我的童年時代，家中環境並不富裕，姑姑卻縫出了如此一件不畏二十年後的洗衣機搓磨的裙子，相較於現代動不動就標示得乾洗的高級服飾，這件百褶裙總教我嘖嘖稱奇。那是怎樣的一個年代呢？在姑姑年輕的時候。

當時生活在鄉村的我們，物質沒有現在這般富裕，行事不比現在自由，但小女孩如我，可以暢快地與小夥伴們在野地奔跑，父母可以放心地出門工作，我小小年紀也敢獨自站在村口等媽媽從田裡下工回來；颱風天裡，豬油拌飯可以吃得很滿足。當然，那時候山區鮮少出現土石流……，眞是一個令人懷念的年代啊。

有一回，我穿著姑姑的百褶裙載姑姑和姪女去吃飯逛街，姪女當著姑姑的面稱讚我的裙子好看，姑姑臉上堆滿笑意，我則對姪女說：「這是姑婆年輕時候穿的裙子，以後姑姑也要留給妳。」我長得像姑姑，姪女長得像我，但我們卻有著截然不同的童年，姑姑的童年歲月太清瘦，姪女的童年生活太紛亂，總覺我的童年較接近中庸的幸福。

姑姪三人逛著百貨公司，我突然問姪女：「妳釣過青蛙嗎？」她愣了會兒說：「沒有，要去哪兒釣？」是啊，村裡的溪流早已失去青蛙，她去哪兒釣青蛙呢？青蛙沒有了，我就不必再問螢火蟲了。我拍拍她的頭，心中頗覺心疼。她的童年，是補習鋼琴、心算、數學、英文……，再加上電視與網路。這樣的童年，她無法說要或不要，因爲我們給了她這樣的環境……。

每當我從洗衣機裡拿出捲成一團的百褶裙，抖一抖看它又回復完好的外觀，心底便有一種隱約的感慨：我們不斷地努力發展經濟，到底想得到什麼呢？是更好的生活嗎？那怎樣的生活是爲好呢？姪女這一代，擁有了優沃的物質條件，卻失去了美好的土地。她們流連於視聽影像，但畏懼陽光汗水。聽著我敘說童年的故事，她結論爲「我沒有童年」。

穿上姑姑的百褶裙，大家都說復古好看，許多人探問在哪兒買的，可惜得到的答案只能是：這是我姑姑年輕時做的，現在大概買不到這樣的裙子了。

癡心

〔十一月十五日〕

又一次，我將凌亂未及整理的行李丟上車，匆匆離開家門。過了適婚年齡而未嫁，回家便成為一種考驗，考驗著妳的耐心，也考驗著妳的意志。家人，尤其是母親，排山倒海般的關切使人一勁兒想逃避，於是，回家的次數愈來愈少，電話中的問候也愈來愈簡短。

這次回家，母親又再度發揮她不屈不撓的毅力，從昨夜到午飯，不斷動之以情，想動搖我不願為結婚而結婚的意志，深怕我芳華虛度，最終獨孤無人照顧。偏偏，我遺傳了母親的不屈不撓，一再想與她溝通自己的婚姻觀，而母女二人的觀念始終分隔在兩個世代，最後為免衝突，總是我匆匆逃離家門，返回墾丁。

車已發動，母親趕忙提了二袋食物走來車門邊，一面把東西遞給我，一面還叨唸著：「妳啊，年紀不小了，不要再那麼挑剔，等我跟妳爸爸都不在了，妳一個人，我怎放心……。」我搖起車窗，把母親擋在車外。

家門前是幹道，倒車時，母親邁著膝關節不適的步子，小跑步到車後，爲我探看路上有無過往車輛。這般情節，已經重覆到幾乎令我習以爲常。而這天，當車往前滑動時，我從後視鏡看了路旁的母親一眼——她正目送著女兒的車子，一會兒用手揉了揉近日感到迷濛的眼睛，又趕快引領尋找女兒的車影——我不禁減緩車速望著鏡中漸漸模糊的母親，在水霧的視線裡，看見了天下父母的癡心。

一片綠葉

（十一月十六日）

在賣店裡看見一個杯子，上頭畫著一片綠葉，使人聯想到我研究所的指導教授及所屬的研究室，於是把架上所剩的二個都買了。

我所屬的研究室，從事的是植物生理生態研究，把葉片夾在儀器上測量光合作用率、蒸散率、氣孔導度、水勢及葉片溫度變化等生理活動，是經常進行的實驗過程。葉片是植物的營養構造，轉換能量的光合作用在這裡進行，水分也從這裡蒸散並帶動營養鹽自根部吸收。從一片綠葉，可以得知這棵植物是能量飽足還是正在挨餓，也可以瞭解它是能利用強烈陽光的陽性植物，還是能耐受微弱光量的陰性植物；從一片綠葉，我們可以窺探植物的欲求和演化軌跡。瞭解了植物生理，我才明白爲何家裡的沙漠玫瑰一定要放在太陽下，綠翡翠一要得擺在陰暗處，象牙木則在戶外或陰棚下都可以長得很好。

爲了適應不同的生存環境，各族葉片從形態至構造皆各盡巧思，在物競天擇的洪流中，能留至今日的都值得我肅然起敬。觀察一片葉子，看它是厚是薄？是硬是軟？是毛絨還是光滑？可以推想它的生長環境；而欲知謎底，且拿儀器來測量它在不同環境下的生理活動……。我常覺得這樣的過程像在欣賞葉子的內在美。

把一個綠葉杯子送給老師，他會心一笑，說因爲葉片，我們的研究室才存在。但對我們這些學生而言，若有葉片卻沒有老師，那一片葉子就只是一片葉子了。

蕨葉—觀音座蓮

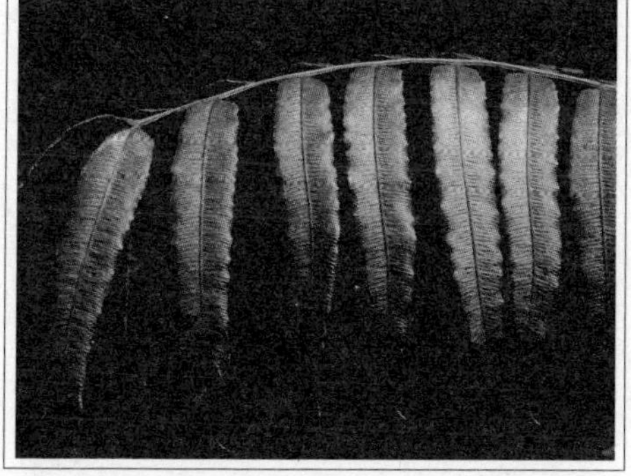

擔仔麵女郎

（十一月十八日）

暫別恆春半島的落山風，與台北南來的朋友至高雄六合夜市晚餐。面對五花八門的飲食攤子，我們如訪花的蝶，停了一處又一處，只恨自己沒有夠大的胃。起坐幾回，舌燙腸肥，再佇足擔仔麵攤前，見那盛麵的小碗只半個手掌大，彷彿頗適合幾乎塡滿的肚腹，便又坐了下來；賣麵的歐巴桑一邊與熟人說著話，一邊張羅著麵食。不知是否已經吃得太多？二人都覺滋味平常。

離開擔仔麵攤後走沒多遠，又遇一個相似的攤子，攤中忙碌的女郎約莫三十出頭年紀。朋友看了會兒，決定再吃一碗；我是無法再裝下任何食物了，但樂於歇息等待。而鍋邊一坐下，那女郎烹調的態勢便深深吸引了我：她正襟危坐，右手燙著麵，左手取下一個碗口朝下的小碗，接著使了個巧勁兒讓碗騰空翻轉，令小碗妥當地落在掌心；然後又以富於韻律的俐落，將燙好的麵蓋於碗中。也許二人都看得入神了，以致當她再次向我們確認所點的食物時，場面停格了一會兒。

朋友吃麵時，我便欣賞著女郎好看的煮麵動作，無論是添淋醬料或在麵表擺置二條小蝦，她的動作都極有節奏而毫不含糊；一碗又一碗的麵煮過，每個手勢還依然貼合韻律，宛如舞台上專注的舞者，靜默地呈現最投入的演出。她那全神貫注的神態使人動容，也令我不禁反思自己平日在駕輕就熟的工作上，究竟如何表現？

「已經是一種藝術了，嗯？」朋友忽然說。可不是？在這人生的舞台上，她正認真地扮演自己，將平常的生計活兒燃出光亮，即使只是在這夜市的小攤位裡，即使顧客只有寥寥幾位，也要教所扮演的角色有最極致的表現。這樸素的女郎無疑是位生活的藝術家。

而最令身爲顧客的我們滿意且記憶深刻的，是這泛著生命之光的攤子，麵的味道比先前那攤好，一碗價格更便宜五塊錢。

一段星光又熄滅

（十一月十九日）

一早上班，有位同事對我說：妳看到辦公室附近新架設的那兩排路燈嗎？

我當然看到了。那兩排新設的光燦路燈，接續不久之前燃亮的南灣燈火，夾道蜿蜒至鵝鑾鼻。這些高立的新燈，照亮了有人居住及無人居住的海岸地帶，爲黑夜帶來光明，也爲人們熄滅一段璀璨星光。

墾丁的星光，曾經何等燦爛？我至今仍不忘第一次闖入龍磐星夜的驚喜。那個星夜，除了滿天密佈的星子垂照廣闊草原，還有淡淡暖風、細細蟲鳴、疏疏漁火及密密的濤聲……。夜暗得透徹，星星亮得炫目，而星空下的我們，夢想何等遼闊。

如今呢？墾丁燈火日勝一日輝煌，星光夜添一夜昏朦，我舉辦了多年的觀星活動，因龍磐南天的光害而移師貓鼻頭，而貓鼻頭東天，仍有一片光暈……，我不知道爲何我們需要那麼多耀眼的路燈？人間燈火與天上星光難兩全，難道將星光一段段熄滅是島嶼上多數人的抉擇？

其實，倘若人們對路燈明亮度的渴望不是那麼高，再加上設計得宜，路燈對天上星光的影響並不致如此大。以我們辦公室前廣場爲例，因爲使用的是上加方罩的謙虛路燈，多年來在此仍可見明亮星空；但附近的光燦路燈點亮後，即使透過樹隙，仍干擾著我們看天的雙眼。我怎能沒看見那新設的路燈呢？昨夜在辦公室前觀星，從頭至尾，我都必須高舉一隻手將那刺目的燈遮擋，否則雙眼無法看天……。

我向共事多年的同事問：「我們可不可以去和鎭公所商量，請他們在晚上九點以後熄滅路燈，兼顧行路人和觀星人？」她立即回我：「妳別想了吧。」

「不是說沒錢付路燈的電費嗎？也許他們會考慮省點兒電。」我又說。

「鎭公所已經叫區內各個飯店認養路燈，所以電費不是問題。」她消息眞靈通。

「現在景氣這麼差，每個飯店住房率都不高，維持也很辛苦，他們會同意認養路燈嗎？」

「他們能不認嗎？那叫做回饋鄉里。」她翻了個白眼說，「路燈愈亮，愈是造福鄉里，不會有多少人注意天上星光的。」

「但是每次舉辦觀星活動都來那麼多人，可見還是有很多人喜歡看星星的。我想鎭公所一定沒想到路燈和星光的衝突，他們不久前還來文要我們把觀星活動的地點移到沙灘，與他們的活動相配合，只是現在屏鵝公路兩旁的沙灘光害都很嚴重，我們想配合也沒辦法。」

「妳就別再去碰釘子傷自己的心了吧。」她搖搖頭，一付怕我又去惹人討厭的模樣，但隔會兒她又拍拍我的肩，安慰說：「這裡的星星，反正妳也看夠了。」

墾丁的星空有台灣平地難得的開闊與璀璨，我的記憶底是貯藏了幾頁，但我們真的要讓目前還擁有的美好事物在可預期中化作昨日黃花嗎？一頂璀璨星空誰能看夠呢？我們這些大人即使已無所謂，那孩子們呢？他們看夠了嗎？

也許將來在這座島嶼上，我們只能往高山荒遠之處去尋覓明亮星空。若真如此，由於高山的夜四季溫度皆低，人們唯有著厚重衣物才能在戶外久觀星移，至於平野間「天階夜色涼如水，臥看牛郎織女星」的詩境，就只能期待一個停電的夜晚來重現了。

種樹

（十一月二十日）

種樹，應該是件好事。

在公路兩旁種樹，好像也是挺不錯的主意。

那麼，在景觀公路上可以看海的那一邊種樹呢？

在天空地闊的草原上種樹呢？

在星垂平野的台地上種樹呢？

最近，我著實爲人們在我居住的半島上勤種樹而苦惱不已。這半島上的土地或道路管理權分屬諸多不同單位，卻不知爲何各單位有志一同，陸續在各地種樹，尤其

東海岸啞狗海海灘

是公路兩旁。現在，除了龍磐公園一帶之外，已經很難看到那段公路沒種樹了。路樹若種在視野景觀雜亂或缺少綠意之處，的確有相當大的美化效果，但若種在自然景觀本已得天獨厚的國家公園內，就有待討論了。

我一向最愛墾丁的天空地闊，那些在觀星平原上、廣闊潭水之前或沿著海岸栽植的綠樹，都讓我精神緊張。我擔心著這些樹茁壯之後，天空地闊的視野景觀會被遮阻或被切割成框格。在辦公室裡，許多同事都提出與我相同的憂慮，但在我們的憂慮中，樹仍持續一排排被種起……。

人們種樹，泰半出於好意，但若因植樹而失去無法以人工雕琢的潭光鳥影、碧海連天或星垂平野等自然視野，就眞是暴殄天物了。在我想來，於國家公園內各處種樹，恐怕不是件好事。哎！我眞希望這是我多慮了。

尋常星夜

〔十一月二十一日〕

走出辦公室時暮色已濃，霞光在西方海面變換霓虹色彩，天空乾淨得近乎透明。這樣的好天氣已經持續一段時日了，今天終於決定放下手提電腦及一堆沈重的書面資料，到可以避開人間燈火的宿舍屋頂去觀看夜的降臨。

當華麗霞色在海面落盡，滿天星子逐一亮起，而漁火航過低垂的星光，我不禁發出幾聲自語的讚嘆。天空有一種深邃的暗藍，這種顏色專屬於天剛暗的晴朗星空，群星在星空藍的天幕閃爍，散發寧謐的氛圍，洗人疲憊。

胸中充塞著對美的感動，看見一位同事自附近走過，便喚住她，告知天上星星很漂亮。她抬頭看了一眼天空問：有特別的星星嗎？我說沒有，她便進屋去了。不久背包裡的手機響起，當我告訴電話那端的朋友今夜星空無限美好，他也問是否有特殊天象？

其實今夜的星空並不特別，不過就是避開光害後的尋常星夜，特別的只是我放下了忙碌日子裡的所有事，登上屋頂守望夜的來臨。在日夜遞嬗、四季流轉間，天地時有大美，只是我們常不經心地錯過了。今天給自己一段閒暇時光，我跨坐在屋脊上仰望星空，感覺彷彿騎著飛天掃帚遨遊星際，一顆心，又重新注入滿盈的能量。

大潭東

（十一月二十二日）

在恆春縱谷平原地勢最低處，有一方滿水面積達一七五公頃的淺潭，名爲龍鑾潭，當地又稱大潭。爲看夕照映潭，我常在黃昏開車或騎腳踏車或走路到潭的東岸。

東岸的潭堤上舖著青草，草長隨季節遞嬗時長時短；潭堤以東，是一片空闊的水塘與草澤濕地，棲著鷺鷥、鷸、鴴、紅冠水雞及白腹秧雞；潭堤西側是潭水，潭水之外的低矮台地就是夕陽歸處。每至黃昏，夕陽就位後，分隔水天風景的就是那道描紅織金的瀲艷波光，在秋冬候鳥季裡，還會有那麼一長隊的雁鴨貼水掠過那道金燦燦的夕日波影……。

這堤岸也是國家公園界線，堤內潭域是國家公園的候鳥保護區，潭堤以東則屬公園區外。然而散步堤上，總會看見水鳥自潭中飛向東岸的水塘，或是原先佇立在水塘邊的蒼鷺飛向潭裡來，又時常一群鳴聲比隊形清晰的鷸鳥會在堤岸兩邊迴旋遊盪，國家公園界線對牠們顯然不具任何意義。

金斑鴴

可是這東岸堤外……

龍鑾潭東岸的事，要從民國八十三年說起。恆春半島屬屏東縣政府轄境，民國八十三年，屏東縣政府將這東岸一帶農地推薦爲工商綜合區，計畫臨潭建設各類觀光遊憩設施；當時，台大的郭城孟教授曾向國家公園所屬的營建署請命，言明龍鑾潭周邊的「生態緩衝區」對候鳥保護區的重要性，希望能維護潭域生態的完整。消息傳出，我曾向一些同事及地方上的賞鳥人求教，他們多認爲龍鑾潭東岸的開發已是不能避免之事，反對並無效用，因爲既得利益者不會放棄這豐厚的利益。但我卻疑惑：到底誰是既得利益者呢？如果工商綜合區能規劃到縱谷別處而保持龍鑾潭水域生態的完整，那「既得利益者」不就是全民嗎？

這件大型開發計畫需經環境影響評估，墾丁國家公園管理處因地緣關係，也被列爲環評委員之一，而在管理處裡，這件案子派給了我一位素心腸直性子的同事，他不問人情世故，只以專業立場將開發計畫的不適性逐條審釋，洋洋灑灑寫了好幾頁報告闡明反對開發的理由。明知不可爲而爲，許多人笑著對他說：那是沒有用的。然而，民國八十四年初，就在龍鑾潭，他告訴我東岸的開發案沒有通過環境影響評估；不過財團既然已在這裡購地，當然不會就此罷休。

候鳥如時去來，幾年過去了，我與玉瑩還常在東岸清靜散步，收羅除了自己旁人很難明白的幸福感覺、但這幾年之中，龍鑾潭開發計畫仍不斷地送審，據說在一次次修改的計畫中，工商綜合區只建大飯店了，原本臨潭而建的房舍也退留了五十公尺的綠帶，退休的環評委員及鳥類生態學者成了這個開發案的顧問，公園管理處也因某些理由被除名於環評委員之列。於是在民國八十九年的秋天，我那位同事告訴我：龍鑾潭東岸的開發計畫已經通過環境影響評估了。

大家都說那是遲早的事，彷彿這結果只是應證多年前的預言。

寒風中散步東岸潭堤，夕陽就要親吻西方台地，堤外一隻秋小鷺平行追過我的背影，停落前方一排綠竹底，引起棲在竹枝上成百成千的噪林鳥一陣喧鬧、騷動，部分鳥群飛了起來，牠們群飛時宛如空中一張快意的魔氈，一會兒飄向東山，一會兒飄向

龍鑾潭

潭北岸，一會兒又回到東岸堤外，而這東岸堤外的竹林邊，正靜靜立著一部挖土機，挖土機旁的草澤裡，有幾隻紅冠水雞在覓食……。雖然，東岸的開發幾乎已成定局，雖然，明瞭潭水與東岸的密切關係的人難免一遍遍的嘆息，但我仍感念我那位素心腸直性子的同事，由於他的認眞與堅持，大潭東岸多得幾年清靜，而投資財團在一次次的折衝之下，建物及空間設計也已不再是原先大剌剌的草率樣貌。幸好，他沒有因爲任何理由在一開始時便放棄專業的省思、放棄一名國家公園工作者該有的態度。

龍坑

〔十一月二十三日〕

今天落山風吹得驚天動地，我的工作勤務是帶團至迎風的龍坑生態保護區解說。

龍坑濱臨太平洋與巴士海峽交會的海域，二年前因爲阿瑪斯號貨輪漏油事件揚名全台。在恆春半島的風季裡，落山風直撲這一帶海岸，走在臨海珊瑚礁台地的步道上，我們全體縮背哈腰前進，境況雖無危險，但女學生們的尖叫聲卻隨迎面飛來的海雨陣陣揚起，有人倉皇逃竄，有人大呼過癮……。

龍坑珊瑚礁崩崖景觀宏闊壯麗，強風裡不缺蘇軾筆下「亂石崩雲，驚濤裂岸，捲起千堆雪」的磅礡氣勢，但點點雪花撲面卻成一片苦鹹。我因穿著雨衣，還能在驚濤之上的觀景台稍站片刻——初秋季風剛起時，我還曾與一群遊客在這裡賞鳥聽海、臥看流雲呢！這會兒不扶住礁岩可是站不住了。崖下的裙礁海岸就是當時油污堆積的現場，如今同學們說我若不提，他們已看不出這裡有何異樣。

其實，一場偶發的油污事件雖會造成區域生態的劫難，但經過適當處理，大自然還

龍坑裙礁海岸

能以時間來消化。墾丁海域的最大難題不在引人注意的油污，而在持續的沈積物污染……，只是這樣的災難人們一般看不見，不受媒體青睞，問題也就不顯得急迫了。

陽光在浪沫裡描出美麗的彩虹，海水之下的事，就留給後世子孫去遺憾嗎？

黃菊

〔十一月二十四日〕

三週前的一個慶典之後，現場留下許多花籃，不久花籃裡的各色鮮花多被人挑了去，獨留下大黃菊。我看了不忍，便將黃菊也一支支撿納成束帶回辦公室，卻惹來同事揶揄：要去拜拜嗎？

把黃菊插瓶供在桌上，姿態頗端莊。但還是有同事一見便誇張地說：怎麼把這種最草賤的墳埔花拿來插！我只好回答：你知道嗎？這是陶淵明「採菊東籬下」的菊花，也是李清照「人比黃花瘦」的黃花，中國的詩詞和畫作都沒少過它，它其實是一種很雅的花。經此一說，黃菊竟霎時添上一圈光環，沒人再大聲取笑它。原來大家看見的不是花朵本身，而是花朵的象徵。

人們因花朵的象徵意義而喧嚷，黃菊卻仍是原來的黃菊。上百朵常被誤以爲是花瓣的舌狀花，排列成看似一朵大花的頭狀花序，柔黃的顏色明亮而精神。

一個星期過去了，其他各色花朵非枯即萎，唯有黃菊依然鮮亮，花序中央蜷縮的新花漸次舒展，瓶花更見燦爛；十天過去了，黃菊仍無褪色與枯萎的打算，同事們開始驚訝於它的保鮮能力；二個星期之後，黃菊依舊在瓶中端莊肅穆，我惋惜這麼好的花竟被視爲喪葬與草賤的象徵。玉瑩卻說：就是因爲端莊肅穆又耐久，才被用在喪葬上吧。

三個星期之後的今天，我清理掉花色已褪的黃菊，明白了象徵之外的菊的本質。

天涯海角

〔十一月二十五日〕

經過四個多鐘頭的山徑跋涉，我隨公園警察穿越一簇簇攬路的秋花野果，從南仁山生態保護區的西側入口巡山至東岸盡頭，來到一處被許多人視爲「天涯海角」的所在。這裡有幾戶人家、一處港灣及二個警察崗哨，其中一個是墾丁國家公園的警察小隊，小隊裡有幾名看護自然生態資源的員警駐站，他們算是我的同事。

位於九棚村的「天涯海角」，除了可以翻山越嶺或沿著海岸遠遠地走來，也可以自墾丁驅車行道台二〇〇號公路一個多小時到達，「天涯海角」便是道路的終點。

生活在這樣的地方，日月緩長，這個警察小隊的小隊長幾乎將附近的野花野草全認盡。午飯後，他邀號稱具有植物專長的我四處看花草，原是說要向我請教，結果是他識得的植物名字比我更多。我們沿著公路閱讀花木的名稱與生理特性，路旁即成排立著稀有的檄楊大樹，海岸邊則迤邐遍佈台灣最大族群的文珠蘭……。在這段公路散步是件極愉快的事，因爲半個小時也遇不見一輛車，後來終於來了一輛車，那車在我們身旁停下，車窗內探出警察同事的微笑。這裡也有少數人家，居民只有老人和小孩，年輕人都出外找工作去了。

午後，與派大車來接我們的阿財在警察小隊陽台上觀景，中央山脈的餘脈以鼻岬的姿態靜立太平洋邊緣，層層浪花輕拍崖底，海岸自岬角彎了個灣，向我們延伸而來；落山風今天停了，天氣無雨無晴，水沫在岬灣瀰漫成霧紗，濤聲也被山嶺困住，陣陣唱響；海岸無人，我們彷彿眼睛看著、耳朵聽著大自然的天荒地老……。

「這裡眞好。」阿財望著山海風光說，「不過，根據調查，這一帶是台灣最窮的地方。」

「那台灣一定是個極富庶的島嶼，因爲最窮的地方也看不出人窮。」我開玩笑說。這一帶的房舍雖不豪華，倒也不簡陋，人們外表也不顯生活艱難的模樣。

「那是指可以計量的收入而言。」

「貧富不一定是數字可計量的吧？特別是在這樣的地方。住在這裡，風浪平靜的時候可以到海裡捉幾條魚，退潮時去海邊撿些藻類貝類，天氣好到山上採點野菜，自己吃不完可以拿到鎮上去賣；剩飯剩菜養幾隻鵝幾隻雞，屋前屋後再種點蔬菜；有時候，海上還會漂來可以賣不少錢的原木，運氣好出外工作的兒女還會寄點錢回來，你

九棚海岸

看這裡的阿伯，臉上好像寫著賺到了一生的雲淡風清。」我說。

聽我如是說，這位生意人笑得頗詭異。他與我對生命的認知本就有很大的差異，我能以遊子的身分在一個地方工作、生活十餘年，對他而言簡直匪夷所思。但對我而言，選擇一片所愛的土地、一份所愛的工作，以一種鍾情的生活方式體驗生命，就是莫大的幸福了。由於看法相左，我們常各自帶著不以為然的神情相視，不過，他今天沒有與我爭辯，也許因為我們都愛上這個天涯海角的所在。

「退休後來這裡住好了。」他說。

「退休是很久以後的事，在那之前，不如常來這裡走走吧。」我看著濤聲中的寧靜說。

「妳說得有道理。」他這麼說，眞是難得。

琉球來的貝殼

〔十一月二十六日〕

那位曾在海邊撿貝殼而被我勸阻的男子來到辦公室找我，爲我帶來二枚寶貝，說這貝殼是他自琉球海邊帶回來的，叫我放心收下。

我明白他是好意，但一時還眞不知該如何說才不致使彼此尷尬。對我而言，墾丁的貝殼和琉球的貝殼都是自然物，留在大自然中總有生物可以利用，況且，我認爲貝殼最美是在浪潮間遇見的當刻，並非化作收藏時。

當我散步海邊，偶爾會發現一粒晶瑩完整的貝殼，那總會令人衷心微笑，在拾起與送回間，已經獲得美好的心情。剛來墾丁時，面對美麗貝殼也曾興起把它帶走的慾念，但又想若留它在海邊，以後就可能還有機會遇見，也可能有其他人會遇見而獲得與我此刻相同的美好感受，於是有些不捨地放下了；後來明白，海灘失去貝殼，寄居蟹就失去了家，人們帶走貝殼造成的不止是不再相遇的遺憾，而是間接影響了海岸生態，帶走貝殼的心念便不復存在了。

一個有許多完整貝殼的海灘是吸引人的，若加上寄居蟹背著各式各樣的貝殼屋穿梭其間，定更具風味，然而這樣的海灘必須大家都不帶走貝殼才能存在。至於琉球的貝殼與墾丁的貝殼之別，其實只在於人的想法。生態系統無國界，人們都生活在一個由大氣層保護的地球村中；而對今日的旅人來說，旅程也早已無疆界。

不過，對於這位遊客的心意，我深深感謝。

寄居蟹

林徑寫真

（十一月二十七日）

蹲在林徑上拾看台灣紅豆樹的果莢與種子時，年輕女孩忽然扯著褲管喊疼，靠近看，一隻螞蝗貼在她腳後跟上；更年輕卻對螞蝗頗富經驗的女孩拾起一段細瘦枯枝，不慌不忙把那隻不受歡迎的軟蟲輕輕撥下；看著鮮血從小傷口湧出，我趕緊取面紙按壓出血處；兩分鐘後，大家繼續上路。

這條山徑穿過一片低海拔森林，我們已經走了近三個小時。雖是深秋乾季，林中不覺濕熱，但螞蝗、爬蟲仍然不缺，之前就有人差點兒一腳踩上一隻杵在路中央的龜殼花。一路上開花的植物不算多，但熟落的各色種子卻將小徑拼繪得頗為華麗，而對於這些含藏生命與希望的種子，我們除了慎重捧起，讓年紀最輕卻最熟悉這裡的領隊努力辨識其家族身分外，還不吝時時給予各種誇張的讚美，使得行程緩慢得超乎想像。

我已經許多年沒有自森林的這個角落穿山而行了，山徑入口的村民說這裡已經不乏登山客，甚至曾有七輛遊覽車浩浩蕩蕩載來違法潛入保護區的遊客，我原想這話的眞實程度可能有待商榷，但行至森林深處，小徑旁卻處處可見被攔腰截斷的樹苗、攀藤及砍落於地的樹枝，上個星期才來過的領隊有時停步質疑：這裡怎麼好像變開闊了？

從藤與枝的新鮮斷痕判斷，這一路殺戮應是這兩天的事，可以想見，是有人拿著一把開山刀邊走邊隨興劈砍，完全無視於生命被蹂躪。其中最悽慘的，莫過於攀於路旁的藤，這類植物生於森林底層的土壤中，然後快速竄生至林冠層以取得生存所需的陽光，在林下幾乎只能看見無葉的藤幹，它們體內的輸導組織可以相當有效率地將自土壤中取得的水分傳送至覆蓋於林冠的葉部，但一旦底下的藤幹被砍斷，上部便會因缺水而死亡。其實這些藤好好的懸在路旁，絲毫不礙人行走，被砍得眞是冤枉。我們一路數落著那個揮刀的人，當經過一株有姆指粗、被一刀斜劈而斷的藤時，領隊停下來哀嘆長這麼粗需要很多年，我忍不住把那上下段分離約一尺遠的斷藤尋來對合上，看切面能完全嵌合便把它們綑綁「復原」，同伴們並在傷口外覆以濕土與落葉。我心中其實明白這樣的動作，發洩情緒的成分較高，對那被砍折的生命大概幫助不大，但也著實存有那麼一點希望——也許這些善於爲生存尋找出路的生命，可以創造人們以爲的奇蹟。

八個小時過後，我們依然在山徑上，林中豐富多樣的生命律動與一路的砍殺痕跡都牽絆著我們的腳步。哎，如果走過這片山林的人只是借路而行，不曾對林徑兩旁的生命進行莫名其妙的屠殺，那該多好。

大尖山

大葉山欖又開花

（十一月二十八日）

每年大葉山欖一開花，便成爲同事們的熱門話題，即使是平日對花開花落毫無知覺的人，也無法置身事外。

大葉山欖是恆春半島原產的常綠大喬木，革質厚葉橢圓形、中等大小，昂揚的樹身及濃密的綠葉顯得神采奕奕，常被選爲庭園及行道美化的樹種。我的辦公室及宿舍附近便成排栽植著大葉山欖。每逢深秋開花時節，花「香」無孔不入地全方位籠罩，許多同事錯身而過時的招呼，即成「好臭」、「受不了的味道」……。大葉山欖的花朵頗小，顏色淡黃粉綠摻著淺白，綻放時形如遠方的星光，單朵花味道並不濃郁，但一棵樹總能密密地怒放千百朵，且花開彷彿由同一開關控制，那百花齊放時的怪味道，還眞是特別得教人難以消受。

一種植物以如此方式開花，當然不爲引起人們話題，那天羅地網般的稠濃花氣，自是通知傳粉動物花開的訊息。從我宿舍門口那棵樹可得知，螞蟻、蜜蜂、鳥兒（烏頭翁、紅嘴黑鵯及噪林鳥）及松鼠都是它的花蜜愛好者，大葉山欖日後的纍纍果實，都靠牠們牽成。

大葉山欖又開花了！在同事的無奈聲中，一位女士神情興奮地衝到服務台向我們問：「這是什麼花在開？味道眞好。」我想當時我和同事的表情可能很有趣。因爲這位女士想要將有如此好聞的花香的樹栽種在自家庭院，我將樹名寫在紙上給了她，她愉悅地道謝後離去。看著她的背影，同事疑惑地對我說：「居然有人喜歡大葉山欖的味道？」

「我也覺得這個味道很香啊！是妳們一直說很難聞。」同事小五年紀的兒子在一旁發言。

我和同事同時回頭看他，我忍不住大笑——他從小在辦公室進出，每年都要聽我們這些阿姨叔叔數落大葉山欖的味道，原來他是不以爲然的，忍耐了我們這麼久，眞是委屈這孩子的感覺了。

美麗境界

〔十一月二十九日〕

回母校屏東科技大學聽了一場演講，並與老師、朋友們敘舊。黃昏時候開車回到恒春半島，也許因為當時陽光正美，也許因為之前與老師的對談，也許因為午後的那杯咖啡，也許因為收音機正好播放一首合情合景的歌，也許因為……，心情滑入一種清晰美好的恬適境界。那是一種不同於榮耀加身，也不同於兩情相悅或靜觀嬰兒入睡的美麗境界。

隨著車行的速度，樹與海不停地流轉，車窗外飄過一片片熟悉的景物，那些平日看了令人心煩的水泥大肉粽消波塊、凌亂醒目又成群結隊的「烤鳥、魷魚」招牌、蓋好卻不能營運的農會大飯店，以及建至半途便停擺的海岸酒店……，此刻都難亂我心，胸中彷彿有一個堅定的聲音在說：這就是我生長和生活的島嶼，即使已經有點亂、有點醜，但我依然愛她、不願放棄她。往常對島上環境品質及視覺美感日漸惡化的心焦，暫時消緩了，一時之間還相信自己仍有耐心與毅力去面對這一切。握著方向盤，我不禁對自己笑了笑。

其實這種類似的美麗境界，我並不陌生。

去年夏天自婆羅洲的熱帶雨林旅行回來，一個人強壯地拖著大行李搭公車回墾丁（出國當日可是玉瑩開著賓士車送到機場的），那時在顛晃的公車上，疲憊的身軀也曾擁抱這樣的心境。

而上個月一個風雨相隨的下午，我睫毛上掛著雨珠在山野中進行解說活動，雖然身上穿著輕便雨衣，卻是衣濕貼臂，褲管沈重。因爲風雨，路程顯得特別遙遠，但聽我解說的遊客難得來此，在冷雨中依然興味深濃，我也不好敷衍，工作結束時已過下班時間。回到住處洗去一身濕冷與疲倦後，捧著熱茶窩在沙發裡看書聽音樂，頓覺人間幸福莫過於此。那時候，心情也進入一種美麗境界。

後來與朋友開車在墾丁的景觀道路上閒逛，我提起自風雨的山林歸來捧茶而飲這回事，他不久即將車停在路旁的咖啡館前，說：「去喝點東西吧。」

我問他渴嗎？他說不會。問他累嗎？他說不是。那麼，山水壯美，爲何要進咖啡館裡坐呢？他說：「妳不是說喝杯熱飲可以讓妳的心情進入美麗境界？」

「我所說的那種美麗境界是可遇不可求的，而且現在我們也沒有自風雨中的山林歸來呀。」我答。我還想說那種美麗境界可能也需要獨處來蘊釀，他已經結論：「妳這個人，眞難剃頭。」我聽了哈哈大笑，因爲我的確是有點兒難「剃頭」。不過，我領受了他的好意，於是巴結地取出備妥的桔茶和茶杯，請他在觀海亭台上賞景啜飲，我想這樣他應該可以比較不計較我是個難「剃頭」的人了。朋友相處，雖不能製造獨處時偶爾飄來的美麗境界，卻自有另一番美好情境，那恐怕是人生更不可少的。

心靈上的美麗境界雖然難以隨興營造，但在書寫它的此刻，我心中卻重現了當時的美好情境，就彷彿，黃昏的暖陽正灑在夜深的臉龐。

鵝鑾鼻遠眺大尖山

秋去了

〔十一月二十日〕

落山風又吹緊了，秋天也到了最後。

每年秋天到了最後，墾丁的欖仁樹葉片便轉紅了。車緩緩行過生長著大片欖仁樹的熱帶海岸林路段，一片紅葉恰巧飄落車窗上。

我在海邊停車取下卡在車窗上的紅葉，心裡對秋之將去，有些不捨。我知道秋去後，風將更吹更狂，大地會愈來愈蕭瑟。

風裡的海邊，每一道浪都似長了水霧的白髮，白髮逆風飄揚成一片迷茫。我背風向海而立，時時不能穩住腳步，而在步履踉蹌、散髮鼓衣的狼狽之中，心底卻品味出一種精神上的解放。風，吹吧，吹吧，再吹吧。不吹夠這樣的風，怎能懂得墾丁？半島上的生態與人文，都受這風絕對的影響。閉上眼睛聆聽風的呼嘯，那山海間的嘯音，是半島最道地的歌吟。

海天蒼莽間回思這一季，不禁自己笑了起來——眞是個美麗的秋天。

強風自然是不能久吹的，坐車上看風與海共舞，也是風裡不錯的選擇。從車身的晃動中，可以感覺風的節奏。我微開車窗，聽著風的聲音，忽然電話鈴聲在風聲中響起，是玉瑩在問我要不要去看海。

「我已經在看海了。」

「在那裡?」

不久她來找我，兩人一起在海邊「享受」強風，看著秋天離去，在我的帽子險些被吹跑時，她說：「再來辦個活動讓大家一起吹吹落山風吧！」

哦，眞是個無可救葯的女人。不過，我還是笑著說：「好哇。」

等待明年的秋天，看完過境候鳥，再來吹風。

黃頭鷺群遷（周大慶 攝影）

〔附錄〕墾丁國家公園秋日生態之旅

一、墾丁秋之采風：

社頂公園（清晨看鷹與日出；高位珊瑚礁森林生態之旅）

↓砂島貝殼砂展示館（有最美麗的沙灘，但因為是保護區不能進入，可以在看台上看墾丁最湛藍的海水，也可以到旁邊珊瑚礁海灘看寄居蟹；九月月圓前後在砂島至香蕉灣之間有陸蟹過馬路到海邊產卵）

↓鵝鑾鼻公園（也許會在這裡看見一隻黃裳鳳蝶；十月十日前後的早晨則可見灰面鷲低空飛入半島）

↓龍坑生態保護區（珊瑚礁崩崖及裙礁地形，風季看浪）

↓龍磐公園（秋花滿草原，紅隼愛在這裡遊蕩；初秋另有芒花開；夜裡星垂平野、海上升明月）

↓風吹砂（從龍磐到風吹砂，有半島上最壯觀的裙礁海岸；初秋芒花開；月圓前後可賞月光海；崖上停車場旁有一條小路，可以徒步走向籠仔埔牧場的芊

芊草原）

→港口溪出海口（看浪觀星賞月；十月可看灰面鵟起鷹出海；夏日夜晚附近溪溝有大量陸蟹活動）

→滿州里德山區（十月十日前後二週看灰面鵟落鷹與起鷹；里德橋下港口溪有水禽活動，四周爲牧草田，景緻頗好）

→南仁山生態保護區（賞蝶；體驗低地雨林生態）

→恒春鎭（古城；書局；咖啡廳；餐飲）

→西海岸景觀道路（全線可賞夕照；於萬里桐村有一美麗的小漁港及潮間帶）

→貓鼻頭公園（午後望鷺鷥出海；夜觀星斗）

→瓊麻工業歷史展示區（瓊麻憶舊；尋找梅花鹿；灰面鵟南遷期間，上午可見鷹群飛入半島）

→龍鑾潭南岸（午後賞山水風光；看候鳥遷移及水鳥活動）

→南灣沙灘（夜晚散步聽海）

→潭子灣遊客中心（聽取國家公園簡報，瞭解即時資訊）

↓大尖山下牧場（聽小雲雀唱歌；看秋草搖曳；也許會遇見大批牛群低頭在吃草）

二、植物之旅：

潭子灣遊客中心聽取簡報

↓社頂公園高位珊瑚礁森林

↓船帆石海岸植物觀察

↓鵝鑾鼻礁林公園

↓龍磐草原

三、海岸之旅：

潭子灣遊客中心聽取簡報

↓佳樂水砂頁岩海岸

↓港口沙嘴沙灘

↓風吹砂、龍磐裙礁海岸

↓龍坑生態保護區

↓沙島貝殼砂展示館

↓船帆石海灘

↓南灣沙灘

↓後壁湖漁港

↓貓鼻頭崩崖及裙礁海岸

↓萬里桐潮間帶夕照

四、四季賞鳥：

潭子灣遊客中心聽取簡報

↓龍鑾潭南岸

↓龍鑾潭自然中心

↓墾丁牧場

↓龍磐公園

五、賞鷹季：

社頂公園

→潭子灣遊客中心聽取簡報

→龍鑾潭

→滿州

六、冬日水鳥之旅：

潭子灣遊客中心聽取簡報

→龍鑾潭南岸

→龍鑾潭自然中心

→龍鑾潭北岸

七、昆蟲之旅：

潭子灣遊客中心聽取簡報

→社頂公園

↓南仁山生態保護區

八、人文之旅：

潭子灣遊客中心聽取簡報

↓瓊麻工業歷史展示區

↓恒春古城

↓後灣

↓石門古戰場

九、星光之旅：

貓鼻頭公園

↓龍磐公園

河口沙嘴漁舟歸港

自然公園 60

秋天的墾丁

作者 杜 虹
文字編輯 林 美 蘭 · 楊 嘉 殷
美術編輯 李 靜 佩

發行人 陳 銘 民
發行所 晨星出版有限公司
台中市407工業區30路1號
TEL:(04)23595820 FAX:(04)23597123
E-mail:service@morning-star.com.tw
http://www.morning-star.com.tw
郵政劃撥：22326758
行政院新聞局局版台業字第2500號
法律顧問 甘 龍 強 律師
製作 知文企業（股）公司 TEL:(04)23581803
初版 西元2003年10月30日

總經銷 知己實業股份有限公司
〈台北公司〉台北市106羅斯福路二段79號4F之9
TEL:(02)23672044 FAX:(02)23635741
〈台中公司〉台中市407工業區30路1號
TEL:(04)23595819 FAX:(04)23597123

定價 250 元
（缺頁或破損的書，請寄回更換）
ISBN 957-455-544-5
Published by Morning Star Publishing Inc.
Printed in Taiwan

國家圖書館出版品預行編目資料

秋天的墾丁／杜虹 著；
－－初版.－－臺中市：晨星，2003〔民92〕
面；　　公分.－－（自然公園；60）

ISBN 957-455-544-5(平裝)

855　　　　92017552

◆讀者回函卡◆

讀者資料：

姓名：＿＿＿＿＿＿＿＿　　性別：□ 男　□ 女

生日：　／　／　　身分證字號：＿＿＿＿＿＿＿＿

地址：□□□＿＿＿＿＿＿＿＿＿＿＿＿＿＿＿＿

聯絡電話：　　（公司）　　（家中）

E-mail ＿＿＿＿＿＿＿＿＿＿＿＿＿＿＿＿

職業：□ 學生　□ 教師　□ 內勤職員　□ 家庭主婦
□ SOHO族　□ 企業主管　□ 服務業　□ 製造業
□ 醫藥護理　□ 軍警　□ 資訊業　□ 銷售業務
□ 其他＿＿＿＿＿＿＿＿

購買書名：秋天的墾丁＿＿＿＿＿＿＿＿＿＿＿＿＿＿

您從哪裡得知本書： □ 書店　□ 報紙廣告　□ 雜誌廣告　□ 親友介紹
□ 海報　□ 廣播　□ 其他：＿＿＿＿＿＿＿＿＿＿

您對本書評價： （請填代號 1. 非常滿意　2. 滿意　3. 尚可　4. 再改進）

封面設計＿＿＿＿版面編排＿＿＿＿內容＿＿＿＿文／譯筆＿＿＿＿

您的閱讀嗜好：

□ 哲學　□ 心理學　□ 宗教　□ 自然生態　□ 流行趨勢　□ 醫療保健
□ 財經企管　□ 史地　□ 傳記　□ 文學　□ 散文　□ 原住民
□ 小說　□ 親子叢書　□ 休閒旅遊　□ 其他＿＿＿＿＿＿＿＿

信用卡訂購單（要購書的讀者請填以下資料）

書　　名	數　量	金　額	書　　名	數　量	金　額

□VISA　□JCB　□萬事達卡　□運通卡　□聯合信用卡

- 卡號：＿＿＿＿＿＿＿＿＿＿　•信用卡有效期限：＿＿＿年＿＿＿月
- 訂購總金額：＿＿＿＿＿＿元　•身分證字號：＿＿＿＿＿＿＿＿
- 持卡人簽名：＿＿＿＿＿＿＿＿＿（與信用卡簽名同）
- 訂購日期：＿＿＿年＿＿＿月＿＿＿日

填妥本單請直接郵寄回本社或傳真(04)23597123

請填妥後對折裝訂，直接投郵即可，免貼郵票。

廣告回函
台灣中區郵政管理局
登記證第267號
免貼郵票

407
台中市工業區30路1號
晨星出版有限公司

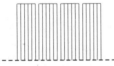

請沿虛線摺下裝訂，謝謝！

更方便的購書方式：

(1) 信用卡訂閱　填妥「信用卡訂購單」，傳真至本公司。
或　填妥「信用卡訂購單」，郵寄至本公司。

(2) 郵政劃撥　帳戶：晨星出版有限公司　帳號：22326758
在通信欄中填明叢書編號、書名、定價及總金額即可。

(3) 通　　信　填妥訂購人資料，連同支票寄回。

◉如需更詳細的書目，可來電或來函索取。
◉購買單本以上9折優待，5本以上85折優待，10本以上8折優待。
◉訂購3本以下如需掛號請另付掛號費30元。
◉服務專線：(04)23595819-231　FAX：(04)23597123
E-mail:itmt@ms55.hinet.net